LE SIGNAL

RÉCIT D'UN AMOUR ET D'UN IMMEUBLE

LE SIGNAL

RÉCIT D'UN AMOUR ET D'UN IMMEUBLE

SOPHIE POIRIER

éditions inculte

On aimerait que la qualité d'une architecture ne tînt ni à sa démesure, ni à son aspect spectaculaire et/ou spéculatif, mais au rôle qu'elle joue, éthiquement, dans le paysage et les vies qui l'incorporent.

Emmanuel Hocquard, *Ruines à rebours*
(éditions de l'Attente, 2010)

Cette station balnéaire n'était pas comme les autres.

Les tamaris tordus ? Mais tous les fronts de mer ont les mêmes arbres penchés.

Les trottoirs, de ce rose fané, avec des fissures ?

Ces vieux panneaux de signalisation en ciment effacés, absurdes ; une flèche bleu marine n'indique rien, sauf un but évident, une seule route ; un sens interdit, d'un rouge pâle ; une interdiction de tourner à droite devenue un monochrome blanc à peine lisible, on pouvait s'engager par erreur, s'en excuser.

Un front de mer délavé, souvent ensablé, inauguré en 1963. Depuis, les drapeaux de différents pays flottent en haut des mâts installés le long du boulevard. Maintenant, ils sont parfois remplacés par des oriflammes violettes et rose vif sur lesquelles est écrit *Océanesque*. La mairie a lancé des travaux pour le réhabiliter, des dates annoncées sur des pancartes, et apparemment du retard pour les entreprendre. Un monsieur m'avait expliqué : *Ici, tout prend du temps, et parfois rien n'arrive.*

Derrière le portail du musée du Souvenir, une mitraillette rouillée, éventrée, pointe en direction d'un éventuel visiteur. Le lieu, un préfabriqué usé, retrace l'histoire de la Seconde Guerre mondiale dans cette zone du Médoc parsemée de fortifications ennemies. Et des soldats allemands, les yeux dans les vagues, ont sûrement espéré en effet que rien n'arrive... À la pointe, *la fin des terres*, les dunes s'élèvent, et deviennent des forêts de pins.

On aperçoit au large le phare de Cordouan. Là-bas, l'océan se mêle à l'estuaire de la Gironde, et la nuit, de l'autre côté, la ville de Royan s'éclaire.

Le vent souffle beaucoup sur ce littoral atlantique. Le sable passe par-dessus les murets et peut tout recouvrir en quelques heures, la route et les voitures, comme une tempête de neige. Le long du boulevard, la plage s'étire, immense, avec les baïnes dangereuses qui se forment selon les marées et les années. Parfois, le sable est arraché. L'océan l'emporte, des longueurs de plage peuvent disparaître en une seule tempête. La plage municipale est traversée de longues barrières de bois qui aident à le retenir. Des pancartes jaunes sont plantées au milieu des oyats : *Dune fragile.*

À une autre époque, ou parfois aux mêmes endroits, il se passe le contraire : la plage engraisse de sable. Pendant presque cinquante ans, à profusion, grâce au banc de l'Amélie, s'est étendue ici une IMMENSE PLAGE DE SABLE FIN – c'était écrit en lettres capitales sur le prospectus publicitaire de l'agence de conseil en immobilier encourageant, en 1965, à acheter des appartements et à profiter de cette situation exceptionnelle à Soulac-sur-Mer : *Vivez sur la plage.*

Aujourd'hui, un tractopelle jaune vient prendre le sable en trop. Il remplit son godet, des mètres cubes qu'il déverse ensuite dans les bennes de trois énormes camions. Ils ressemblent à des jouets. À tour de rôle, ils partent vers la plage de l'Amélie pour refaire – faire et refaire – une montagne protectrice, de sable, devant le camping menacé de glissement. Et le monsieur qui regarde à côté de moi les va-et-vient des camions me dit : *C'est un travail de Pénélope.*

Si on continue de marcher sur le front de mer en allant vers le sud, une statue géométrique installée en 1970, *La Danse*, marque un point final ornemental à la promenade de la station balnéaire. Mais quand on arrive à ce point précis, on dépasse la sculpture, et on lève les yeux vers lui, qui intrigue. Il suscite des commentaires, il est insupportable. C'est après l'avoir vu qu'on rebrousse chemin, ou qu'on le contourne pour aller plus loin.

Une masse rectangulaire. Sa seule particularité architecturale : une forme imposante, composée de deux bâtiments qui se décrochent à peine l'un de l'autre. Une barre d'immeuble, couleur beige clair, haute de quatre étages. Qu'on dirait solide, malgré sa position fragile, si près du bord.

J'imaginais en été le manège incessant, de la plage aux appartements, d'oublier une sandalette, ou la serviette à fleurs qu'on retrouvait le lendemain, ramenée par quelqu'un dans le hall ou au pied de l'escalier.

Le Signal. Que j'ai aimé, sans rationalité, ce n'était ni chez moi, ni logique de s'éprendre d'un bâtiment dont le destin est de disparaître bientôt.

Le Signal, construit sur la dune, au front de mer.
Au front de guerre.

Novembre 2014. Je marche avec un plâtre et des béquilles, je me suis cassé l'os du talon, l'astragale – et pour Noël, on va m'offrir le roman du même nom en trois exemplaires. Je viens à Soulac pour écrire un texte sur ce front de mer que je trouve poétique. Je longe le boulevard, je pars du nord vers le sud, je prends des notes, et j'arrive au Signal, dont je ne sais rien à ce moment-là, sinon qu'il est vidé de ses habitants depuis plusieurs mois. Olivier m'accompagne, il va filmer et prendre des photos.

Le Signal n'a jamais été caché derrière de hauts murs, façon résidence sécurisée. Au contraire, seulement des bordures en ciment, la dune et le parking presque mélangés, *Accès direct à la plage*. Depuis l'évacuation, l'immeuble a été entouré d'un fin grillage à larges mailles, sur lequel sont accrochés quelques panneaux censés nous empêcher : *Interdit d'entrer – Propriété privée*. Certaines barrières sont déjà soulevées, d'autres affaissées. Sur la façade côté océan, des fenêtres brisées, et quelques baies au rez-de-chaussée largement ouvertes sur les appartements. De grands bouts de verre pointus pendent, qui pourraient trancher des têtes si les morceaux cédaient d'un coup. Le ciel est gris, un jour sans lumière, le seul éclat dans le paysage provient de l'écume des vagues.

À la suite d'Olivier, je me glisse sous le grillage, en rampant comme un soldat, mes béquilles d'abord.

Près d'une entrée, au sol, des compteurs de gaz coupés sont rassemblés comme une gerbe de fleurs. Nous pouvons passer par une vitre cassée. Dans le hall, des portes de boîtes aux lettres battent au vent qui s'engouffre, elles grincent en s'ouvrant et se fermant, lentement et parfois en claquant. On entend les sifflements des bourrasques dans les étages. Je jette un œil vers l'escalier. En éclairant avec la lumière de mon téléphone, j'aperçois des objets, et même un matelas en travers des marches…

Si j'avais été seule, j'aurais sans doute rebroussé chemin. Je n'aurais pas osé. L'ambiance est inquiétante. Le vent souffle très fort. Je me souviens du froid, autant dedans que dehors. Nous allons monter. Faire cette exploration.

À chaque fois que je suis revenue, désobéissant à l'injonction de ne pas entrer, j'ai ressenti cette même excitation.

J'avais déjà fait ça, adolescente, avec deux garçons que je suivais un peu partout. Nous avions crocheté un volet d'une villa pas encore occupée pour l'été. Nous n'avions rien cassé, rien pris non plus. Peut-être que si, les garçons avaient peut-être dérobé des choses de valeur… En fait, je n'en sais rien. Nous y avions passé du temps, ouvrant les tiroirs, fouillant les placards, nous avions même dormi là. J'avais 17 ans, ça m'avait paru romanesque, sans avoir conscience des risques. À l'intérieur du Signal, au vu des tags sur les murs et des restes de fêtes arrosées, beaucoup de jeunes ont dû faire des expériences similaires d'intrusion, avec les frissons de l'interdiction et ce sentiment de possession éphémère. Quelque chose des jeux de l'enfance, à s'imaginer la vie des adultes, entre les murs de maisons en carton, comme si on était libres. Dans cette villa du bassin d'Arcachon où nous avions habité-squatté deux jours, j'avais trouvé sur une étagère le tome I du *Journal* d'Anaïs Nin. J'avais commencé à lire sur place, cambrioleuse tranquille, et peu à peu en transe de ma lecture, j'avais volé le livre. Je l'ai toujours. Avec la découverte d'Anaïs Nin, il y avait eu celle d'Henry Miller, et à la suite celle de la littérature américaine. Ces écrivains sont entrés dans ma vie à la dérobée.

Là aussi, il y aura un livre, mais au moment où j'entre pour la première fois dans Le Signal, je ne le sais pas encore.

Je ne me repère plus très bien, mais je pense que c'était le hall D. Je monte les marches derrière Olivier. Avec mes béquilles, je ne fais pas la maligne. J'essaie de ne pas penser à ce qui arriverait si soudain il fallait se mettre à courir.

Au premier étage, les portes des appartements sont fermées. Nous poursuivons. Toutes sortes de bruits se mélangent. Des multitudes de battements à toute vitesse, des sons métalliques, des cliquetis, des sons plus sourds, d'autres qui claquent comme des coups de fouet. Et puis de temps en temps, à faire sursauter, une porte, Blam ! Le vent sifflant, tranchant. Mais ce n'est pas de la vie ce qu'on perçoit, tous ces bruits passent sur le silence épais qui imprègne l'immeuble. Et en fond, permanent, à voir, à entendre, telles des voitures incessantes sur une autoroute, les vagues.

Au deuxième étage, une porte est entrouverte. L'appartement est vide. Au fond, devant la fenêtre, deux chaises sont installées. Comme si on nous attendait.

On s'est assis. Chacun à notre place. Silencieux. Le regard plongé dans l'océan. Ce n'était pas un immeuble, mais un bateau. J'étais captivée. Un choc esthétique. Poétique.

Dans un conte, ce serait l'endroit du sortilège. À partir du moment où je m'assois à cette place désignée, je suis liée pour toujours à l'histoire du Signal. Et, pour m'en défaire, peut-être, toutes ces choses à écrire.

C'est un des rares objets que nous avons volés, la chaise marron. Nous avons laissé l'autre, une chaise de jardin, verte, en plastique. Depuis, elle a disparu aussi.

Plusieurs mois après, devant Le Signal, nous rencontrerons le propriétaire d'un des appartements, à qui nous raconterons la scène – cet instant précis où Le Signal s'est cristallisé en moi, dans une sorte d'image parfaite :

les deux chaises côte à côte, l'organisation des regards tournés vers la mer, comme si notre venue était prévue, voulue, comme si tout coïncidait avec notre désir. Et sans savoir que c'était de son appartement qu'on parlait, nous lui avions avoué le vol de la chaise, comme une preuve de l'importance, de la beauté de ce que nous avions vécu. C'était sa chaise. Et c'était chez lui. Je ne me sentais pas très fière.

Malgré l'expulsion, il revenait certains soirs dans son salon : *pour regarder la mer.* Il avait acheté un appartement au Signal pour ça, parce qu'il aimait les éléments... Il ne nous en voulait pas, il préférait savoir que les voleurs étaient des poètes un peu fétichistes. Il nous a autorisés à la garder.

Le vol de la chaise marque le début de cette possession – de moi ou de l'immeuble, qui possédait l'autre ? –, peut-être nourrie de ce plaisir coupable de s'approprier, peut-être l'immeuble inversant sa fonction d'être habité, à tous les deux s'envahir.

À chaque étage, d'autres portes ouvertes.

Dans un appartement aux murs blancs, également vide sauf un cintre par terre et un balai appuyé contre un mur, un grand store orange, de la taille de la fenêtre, va et vient. Je pense au *white cube*, ce principe d'exposition d'une œuvre au sein d'un espace neutre : le mouvement saccadé du store orange qui se coince par instants dans les pointes de verre, alors a l'air de s'apaiser, avant de se déchirer encore dans un souffle plus violent et de planer dans l'océan gris et démonté, à perte de vue.

On est restés un moment devant cette chorégraphie du tissu dans le vent. Olivier filmait, en plan fixe, le store épouvanté et dansant.

Dans un autre appartement, c'est la moquette, collée au sol et aussi sur les murs, qui était orange.

La couleur des années 1970.

Au début de sa construction – le permis de construire date de 1965, ce sont les préfets qui les délivrent –, la résidence Le Signal, *en première ligne* ainsi que les agents immobiliers décrivent les habitations en bord de littoral, avait devant, à bonne distance, un cordon dunaire et l'océan. Dans toutes les archives, il est écrit qu'il y avait deux cents mètres jusqu'à la plage. Le principal argument de vente, c'est d'ailleurs celui-là :

merveilleusement située sur la plage. Dans le projet initial, celui pour lequel le permis de construire a été accordé, la résidence est dessinée derrière le boulevard, mais la réalisation sera modifiée, la construction passera devant. Le maire de l'époque énoncera dans un courrier un avis défavorable quant au choix de cette avancée. Trop tard, le projet devient : *Devant les immeubles, aucune circulation, mais accès direct à la plage.*

Quelqu'un lui a choisi ce nom : Le Signal.

À la fin des années 1960, on pouvait donner des noms pareils aux immeubles. Cinquante ans plus tard, toute la ville regrette – dire qu'on projetait un plan d'urbanisme de neuf bâtiments identiques sur cette artère, plus un hôtel de luxe et un centre de thalassothérapie, des piscines, des commerces. Et maintenant, seul à cet endroit privilégié, on ne voit plus que lui, avec son nom de catastrophe.

La première ligne, on devrait le savoir, surtout ici au Nord-Médoc où on a la mémoire de la guerre, est celle des soldats qui ont peu de chances d'en réchapper.

À partir des années 1960, le tourisme s'est développé avec des campings géants au milieu des forêts, des urbanistes qui transformaient des villages en stations balnéaires ; il y a eu tout un programme politique pour ça en Aquitaine, le président de la République Georges Pompidou fera même un tour en hélicoptère pour prendre la mesure de cette région à préparer à la nouvelle économie : l'accueil des vacanciers... Ainsi, selon le programme de la MIACA[1], des aménagements furent prévus sur le littoral atlantique. À Soulac, au début des années 1960, la mairie vend le terrain à un promoteur parisien, pour construire sur cette ligne sacrificielle, surplombante, merveilleuse, une résidence qu'on appellera donc, sans craindre l'augure : Le Signal.

Le promoteur sera déclaré en liquidation judiciaire en 1968, mais 76 appartements seront finalement livrés entre 1970 et 1972. Le projet se limitera à deux bâtiments, au lieu des neuf prévus. Si la réalisation avait ressemblé aux plans, cela aurait dessiné un front de mer-barrière. Un peu comme à Lacanau.

J'ignore les vraies raisons de cet échec immobilier. Peut-être que quelqu'un a posé un jour, sur le bureau du promoteur stressé, les archives de la commune retraçant la longue lutte avec les vagues et les sables et les vents ? Le récit de la basilique ensablée ? Le compte rendu de 1885 du conseil municipal qui décide les grands travaux pour éviter que la Garonne ne soit bouchée du sable de Soulac ? Les témoignages sur les digues, bâties brique par brique, qui s'éventraient en une marée ? Les photos où l'on voit les villas écroulées ? On avait perdu la mémoire, et peut-être alors que le promoteur la retrouve, comprend qu'il fait une grosse erreur ? Ou quelqu'un a décidé de stopper là le rêve du tourisme

1. Mission interministérielle pour l'aménagement de la côte aquitaine.

de masse ? Ou simplement, les affaires conçues depuis la région parisienne se révélaient moins évidentes à gérer dans la réalité du territoire médocain ?

Après la mise en liquidation en 1968, la fin des travaux sera assumée par la Société navale caennaise, qui à l'époque tentait de se diversifier, ajoutant ainsi au transport maritime le secteur du BTP. Le Verdon, à proximité avec son activité portuaire, notamment liée au terminal pétrolier, faisait miroiter de grands développements économiques. L'État rachètera même aux ostréiculteurs tous leurs terrains sur l'estuaire, et gèlera ainsi une vaste zone, en prévision du port à agrandir. En 1973, première crise pétrolière ; 1976, autre crise. L'essor ne va pas être celui qu'on promettait. Sur les documents prospectifs réalisés par les hauts fonctionnaires, les perspectives envisagées d'augmentation de la démographie dans le Médoc entre 1970 et 2000 montrent bien qu'on n'avait aucun doute : l'avenir serait radieux et la population nombreuse, espérant passer de 2 300 habitants à 12 700... En 2018, ils sont 2 819.

Mais Le Signal, amputé de ses autres bâtiments, déjà comme rescapé d'un premier échec, accueillant 76 logements au lieu des 200 envisagés, est là désormais.

Les premières années, tout s'est bien passé. Au sortir des Trente Glorieuses, de toute façon, globalement les choses se passaient bien : les vacances dans des appartements achetés pour plusieurs générations, les vacances au sein de familles unies, les vacances avec des jouets en plastique qu'on oublie sur la plage et que la mer emporte, les vacances avec des cartes postales envoyées le dernier jour, les vacances avec des boissons en poudre pleines de colorant E222 qu'on boit tous les matins, les vacances avec les adultes qui fument dans la voiture... Dans les années 1970, rappelez-vous : on peut habiter un immeuble qui s'appelle Le Signal sans avoir d'inquiétude.

Pour quelque temps encore, donc, la vie ressemble aux Trente Glorieuses.

Tout va bien.

Les vagues de l'hiver 2013-2014 ont scellé le sort des habitants du Signal. Les quatre dernières années, l'océan, telle une ogresse, avalait des mètres et des mètres de sable. Depuis 2010, l'érosion semblait impossible à arrêter, à moins d'édifier des digues monstrueuses – mais ça coûterait des millions, et on ne savait pas vraiment à qui revenait de payer…

Protéger produit des effets, construire une barrière a un impact : les mesures contre l'érosion font débat. Jusqu'à quelle hauteur peut-on ériger une digue ? Quelle station balnéaire acceptera de réduire sa plage à une bande de sable cachée derrière un mur ? Qui protège-t-on avant tout : l'activité touristique, les habitations, les commerces, les campings, les immeubles ?

On comptait : de 200 mètres de cordon dunaire, voilà qu'il restait 40 mètres, puis les tempêtes, 20 mètres, puis encore un hiver, on déversait des tonnes de sable que la mer emportait en trois jours par grand coefficient de marée, parfois cela se remplissait un peu, 23 mètres, mais avec le vent toute une semaine, Xynthia ou Joachim, une dizaine de mètres, et puis les déferlantes de janvier, voilà, on y était, moins de dix mètres, quelques pas, à hauteur d'homme, quelques mètres, rien du tout.

Les piliers des fondations qu'on annonçait bétonnés à 13 mètres en dessous se sont avérés aller moins profondément, plutôt à 7,50 mètres. Les services techniques de la communauté de communes en charge de la surveillance du Signal se sont inquiétés de cette découverte qui avait une incidence d'importance sur les risques. Par grand coefficient, l'eau à travers le sable passerait et stagnerait dans le sous-sol : en se retirant, par effet de chasse, l'eau risquait d'entraîner l'immeuble, tout ou partie. Cette situation semblait difficile à prévoir, contrairement à d'autres qui se déroulaient en étapes visibles, comme les pans de dune qui s'écroulaient peu à peu. Un périmètre de sécurité est calculé : les résidents permanents devront obéir à l'ordre d'évacuation quand il sera donné par la préfecture, c'est comme ça.

Cet hiver-là, à cheval sur 2013 et 2014, après les fortes tempêtes, les observateurs estiment qu'il y a désormais trop de risques : le couperet tombe. Le préfet déclare la mise en péril du Signal et l'évacuation de l'immeuble est prévue les 24 et 25 janvier 2014.

Les propriétaires ont obéi. Ils ont déménagé comme ils pouvaient, parfois abandonnant derrière eux des tas de choses, ces choses qu'il faut avoir le temps de trier. Ceux qui habitaient trop loin ne sont pas venus, ils ont tout laissé, un appartement entier. Au terme du délai imparti, on a coupé l'électricité, le gaz et l'eau.

Même en sachant que cela arriverait un jour, c'était brutal.

L'une des habitantes, à 78 ans, avec toutes ses économies dans Le Signal et tout son bonheur, réclamera qu'on la laisse tranquille. Elle préfère mourir ici plutôt que partir. L'un des techniciens chargé de l'accompagner vers la sortie, et qui lui accordera 24 heures de plus, avouera avoir vécu un moment vraiment douloureux. Parce qu'il sait bien que 24 heures de plus ne suffisent à personne pour abandonner sa vie derrière soi.

Cette dame habitait au rez-de-chaussée de l'immeuble. Depuis chez elle, elle ne voyait que la dune de sable. Comme, à une époque, du premier étage. Le matin de cette tempête qui a entraîné l'évacuation du Signal, elle a regardé par la baie vitrée, et au lieu de la dune, c'est la mer qu'elle a vue. Peut-être une hallucination, le paysage avait bougé. L'érosion tout à coup flagrante, irréversible. On imagine le cri qu'elle a poussé, ou le souffle coupé. Puis, elle s'est mise à pleurer – et son chagrin va durer, parce que cette histoire finira mal. Elle a témoigné de cette scène dans un documentaire diffusé sur France Culture. Malgré tout, elle rit un peu, elle explique qu'elle avait cru avoir un AVC à cause de cette vision si étrange. Elle avait acheté cet appartement pour y vieillir et accueillir ses petits-enfants. Elle sera relogée dans une maison de retraite au milieu des pins et continuera de payer son crédit.

Quand je suis entrée chez eux, presque dix mois après ce déménagement chaotique, je ne comprenais pas pourquoi tant d'affaires restaient, des meubles, des papiers, des souvenirs accrochés aux murs... comme si tout le monde avait fui. Je ne connaissais pas encore les faits exacts, mais je savais que leur départ n'avait pas été précipité à cause d'un bombardement ou d'un cyclone. Cela aurait dû être une situation à l'inverse de la panique, puisqu'on observait attentivement Le Signal depuis 2010, puisqu'on mesurait régulièrement la distance entre l'immeuble et l'eau, puisque les habitants cherchaient un moyen d'être protégés qu'on ne pouvait leur accorder, puisque tout le monde savait qu'un matin, le préfet pouvait donner l'ordre officiel de partir. Une des propriétaires m'a expliqué plus tard les conditions difficiles de ce déménagement en deux jours. La violence ressentie. La présence de gens sur le parking qui attendaient pour récupérer ce qu'eux ne pourraient pas emmener. L'humiliation. Certains n'ont pas eu le temps de faire plusieurs voyages. Le sentiment d'injustice. Qu'ils soient désignés comme coupables, ceux à qui cela devait coûter, alors que pour le moins la faute était collective. Le chagrin. Ne plus jamais habiter cet endroit, peut-être même ne jamais revenir. Se déprendre dans l'urgence. Mettre ce qu'on pouvait dans des cartons, elle n'arrivait pas à y croire, c'était une folie, c'était irréel.

Cela me renvoyait à cette situation surréaliste où quelqu'un meurt et on se retrouve sans plus attendre à choisir un cercueil, avec des réponses à donner aussi absurdes que la teinte du bois, la couleur du tissu intérieur qu'il faut bien choisir aussi, prune ou champagne.

Quelques heures avant, le corps chaud, et si vite on l'abandonne, dans une chambre funéraire ou un tiroir, oui on fait ça, on fait ce qu'on nous dit de faire, et nous voilà assis dans le bureau de l'infirmière à attendre l'acte de décès que le médecin doit signer, et, nous, on a encore la tête tournée vers la chambre : peut-être que le corps y est toujours, peut-être qu'on pourrait l'entourer, au lieu de faire de la paperasse ? Nous, on voudrait encore tenir le mort dans les bras parce que, pour nous, ce n'est pas déjà un mort.

Parmi les objets oubliés, on trouvait beaucoup de livres. *Claudine à Paris*, *J'aime la vie*, *Au-delà de cette limite votre ticket n'est plus valable*, *Le Guide des meilleurs voyants, astrologues et guérisseurs*... Dehors, au pied de l'immeuble, tombé d'un carton ou jeté par la fenêtre, il y avait un dictionnaire. Les pages défilaient avec le vent, se cornaient ; les mots qui ressortaient avec des images en noir et blanc : *canine*, *cartographie*, *céréales*, *cétacé* – et dessinées les queues de différentes sortes de mammifères marins –, *charge* illustré du schéma d'un obus. Au fil des mois, le dictionnaire s'est solidifié, ouvert sur les pages collées entre elles, de chaque côté, devenu un bloc. Il est resté là, à se fossiliser au bas de l'entrée B, et puis je l'ai emporté.

Il y a eu aussi l'appartement de la chambre à coucher – je l'appelle comme ça. La pièce semblait intacte. Sur le lit, un tissu en velours vert mis comme il faut, à peine froissé, comme si on s'y était allongé délicatement, et sur les tables de chevet identiques, aux pieds courbés, de part et d'autre du lit, deux petites lampes avec des abat-jour à franges du même motif fleuri que la tapisserie des murs. L'ensemble datait de cette époque où on achetait « une chambre » avec le mobilier assorti. J'avais ressenti une infinie tristesse. Peut-être à cause du voilage tiré devant la fenêtre et, en transparence, l'océan.

J'y décelais une forme de pudeur. Avec la lumière pâle, cela ressemblait à la chambre d'une veillée mortuaire : on avait à l'instant enlevé le corps et il ne restait que l'absence.

Dans le salon, une boîte à couture traînait par terre, avec renversés autour les boutons solitaires, des plaquettes de pressions, des quantités de bobines de fil, quelques dés à coudre, des aiguilles dans un sachet, des épingles plantées dans une sorte de cactus en tissu, un mètre rose dont les mesures s'effaçaient.

Dans la cuisine, il ne restait rien, sauf un panier à salade en plastique et des paquets de lessive éventrés.

Pendant presque deux ans, à chaque fois que je suis venue, la chambre a eu l'air figé dans l'attente d'un visiteur aimant, ou d'un retour. Comme si la pièce elle-même se languissait de revoir ceux qui avaient dormi là. Et puis, un jour, la fenêtre grande ouverte, le rideau et le dessus-de-lit avaient disparu, le matelas avait été traîné jusque dans un autre appartement, où d'autres matelas se trouvaient entassés. Il manquait une lampe de chevet. Des messages étaient inscrits sur la tapisserie, des tags sans intérêt : *Je veux de la weed*, *Fuck le ci-stem*. Parfois une fulgurance mystérieuse – *Lune*.

Au fur et à mesure, le vandalisme a recouvert les souvenirs et les traces. Les habitants du Signal disparaissaient encore et encore, dans un effacement lent et infernal. Pour eux, cela devait être d'une grande violence de le voir ainsi ouvert aux quatre vents, leur mémoire éventrée, leur intimité exposée, à disposition des fouineurs, des casseurs et des photographes…

Comme je n'abîmais rien, ne faisant que passer et regarder, sur la pointe des pieds dans leur vie, je chuchotais au lieu de parler, je me sentais proche d'eux, de leur histoire, alors que j'étais illégalement chez eux, dans une propriété privée, et comme les autres, à pénétrer leur domicile. Une intruse de plus, animée d'une pulsion scopique double : voyeuse de vies et de mer.

J'ai eu quelques échanges avec des propriétaires de la résidence. Une dame un peu choquée avait contacté Olivier à cause des images mises en ligne sur son site. Nous lui avions expliqué notre démarche, artistique, et fait savoir notre délicatesse et notre empathie pour ce désastre. Elle avait fini par admettre notre sincérité. Mais la colère était grande de ce qui avait lieu au Signal abandonné, malgré eux, contre eux. C'est elle qui m'avait donné la réponse dans un mail, des circonstances de leur départ, si précipité et poussé dehors par les ordres du préfet Didier Lallement.

Elle m'avait envoyé des photos de son chat, installé sur un tabouret, devant la fenêtre face à la mer. Il restait là des heures, me racontait-elle, hypnotisé par les vagues, immobile et paresseux, et bienheureux, comme le sont les chats au soleil. Et elle riait car il sursautait, écrivait-elle, au passage des mouettes. J'aimais beaucoup cette histoire de chat perché au même niveau que les oiseaux.

J'étais entrée dans une cuisine jaune vif, peut-être la sienne ? Sur l'une des photos, on apercevait du carrelage jaune. Là, une chaise longue avait été installée en hauteur sur le comptoir, au bord de la fenêtre. Le soleil se couchait et la lumière dorée était magnifique. Je n'avais pas osé me hisser jusqu'à la chaise longue, mais comme le chat, comme la personne qui avait vécu là, comme celui ou celle qui avait organisé ce point de vue aux premières loges, j'avais contemplé la beauté rare de cet endroit à certaines heures du soir.

En mars 2015, les médias ont relayé l'annonce d'un événement climatique connu, appelé (sobrement) *la marée du siècle*. Allez savoir pourquoi, puisqu'il a lieu tous les dix-huit ans au moment où les planètes s'alignent de façon spécifique, selon un cycle nommé *saros* par les astronomes. Les météorologues avaient lancé une « alerte submersion » étendue à tout le littoral. La nouvelle avait fait venir jusqu'au Signal des journalistes, des curieux, des amateurs de houle : quand la marée serait haute, et dans cette configuration particulière du siècle, il allait bien se passer quelque chose.

Quelques semaines auparavant, nous avions choisi nous aussi cette date du 21 mars, avec Olivier, pour faire une intervention artistique, une projection vidéo sur Le Signal, de 5 heures du matin – heure de la marée haute – au lever du jour. J'avais écrit et enregistré un texte de onze minutes qui serait diffusé par deux enceintes sur la plage, en même temps que le film d'Olivier serait projeté sur toute la surface de la façade de l'immeuble. Au départ, nous avions prévu cette action seulement pour nous deux. Olivier a l'habitude de faire ainsi des projections dans la nature, sans inviter de spectateurs ou de façon informelle.

Depuis notre première intrusion, nous avions l'obsession de ce lieu. Son dévoilement s'était déroulé d'une façon poétique, presque théâtrale.

Par exemple, le deuxième appartement dans lequel nous sommes entrés, après celui des deux chaises face à la mer : la pièce est vide sauf, devant la fenêtre, une télévision posée sur une table, un plateau rond vitré sur un pied central en bambou marron, avec une chaise assortie installée devant. La télévision n'est pas branchée, l'électricité a été coupée. Sur le mur en dessous de la fenêtre, les restes d'un radiateur arraché, un fil pend. La porte qui sépare cette pièce de la cuisine est une porte battante, comme dans les *saloons*.

Se succédaient ainsi les décors et les histoires.

Il faut comprendre également qu'il y a, dans chaque fenêtre, la vue pleine sur l'océan. C'est-à-dire que, systématiquement quand nous entrons dans un appartement, nous plongeons aussi dans ce paysage, son mouvement, son bruit. Et les objets, les traces de vie laissées, la scène en cours, la décoration spécifique de chaque intérieur se trouvaient mêlés aux vagues, fabriquant une esthétique inattendue, comme une série de tableaux.

À cela s'ajoutait l'émotion. Parce qu'on ressentait parfaitement le déchirement des départs.

À cela s'ajoutait la folie des hommes, quand ils trafiquent dangereusement du côté de l'absurde, à jouer à la fois avec la beauté et le massacre.

C'était une expérience très instinctive. Et avec Olivier, un désir très fort de raconter Le Signal nous a pris en même temps, alors que nous n'avions jamais travaillé ensemble. Nous étions profondément touchés. J'ai écrit un texte, après celui du premier reportage, une fiction poétique dont le sujet principal était contenu dans cette phrase qui revenait comme un refrain : *Il y avait des gens qui vivaient ici* et qui finissait par : *Regarder la mer tous les jours, ça pourrait suffire pour être heureux.* Olivier poursuivait ses prises de vue, il revenait parfois seul au Signal, il avait filmé dix-huit fenêtres et le mouvement des rideaux pour chacune. Il avait réalisé une autre vidéo qui s'inspirait d'un passage de mon texte dans lequel j'imaginais une dame obsédée par le sable qu'il devait y avoir en permanence dans l'escalier : il avait entrepris de se filmer en train de balayer les marches.

De ce travail personnel respectif était née une forme commune. La marée du siècle nous paraissait être une bonne date pour la projection, qui a pris ce titre. Et puis, au début de la semaine, les médias se sont intéressés, parmi d'autres lieux emblématiques de littoraux menacés, au Signal. Des journalistes ont contacté Olivier – ils l'avaient trouvé grâce aux mots-clés et aux photographies mises en ligne sur son site. Nous avons alors décidé de rendre « officiel » le rendez-vous et d'inviter celles et ceux qui voudraient à nous rejoindre à 5 h 41 sur la plage, le 21 mars 2015. Dans la presse locale, deux ou trois articles l'annonçaient.

Il n'y avait pas d'argent en jeu, pas de commanditaire, ni d'autorisation. C'était pour notre plaisir.

La veille, quand nous sommes arrivés au Signal, il y avait du monde, qui entrait et sortait. Des journalistes filmaient. Des gens escaladaient la dune devant l'immeuble, d'autres tournaient autour comme des insectes.

Sur mon téléphone, j'ai reçu un message d'une amie : *France Inter aux infos annonce parmi les trucs spectaculaires de la marée du siècle le possible écroulement du Signal à Soulac.*

Sur le parking habituellement désert, des camping-cars, des voitures et des Algeco. Devant l'entrée F, un journaliste tendait un micro à un homme âgé avec une casquette, Monsieur Guichet, le président du syndic, que je rencontrerai ce jour-là.

Nous savions que certains habitants du Signal seraient là. Ils avaient envoyé un mail à Olivier, pour lui dire qu'ils préparaient une surprise le 21 dans l'après-midi. On avait échafaudé des hypothèses. Olivier imaginait qu'ils allaient organiser un banquet géant sur la terrasse face à la mer, une sorte de repas final de quartier. La surprise était tout autre : certains des propriétaires avaient décidé, pour dénoncer l'injustice qu'ils subissaient dans cette histoire, de commencer une grève de la faim, le jour de la marée du siècle, en présence de la presse.

Trois Algeco avaient été installés, sur le parking au pied de l'immeuble, côté rue. Ils ont dormi là une dizaine de jours, n'ont pas eu le droit de se raccorder à l'électricité. Le troisième container servait de lieu d'exposition. Ils avaient préparé des documents explicatifs pour prouver que l'érosion de cette côte sableuse était un phénomène prévisible, inéluctable, et que la responsabilité de la construction du Signal sur cette dune revenait à l'État, aux décideurs politiques, signataires du permis de construire et qui avaient validé ce projet. Ils voulaient être indemnisés à hauteur de la valeur immobilière de leur bien (et non pas seulement les 20 000 euros concédés), ils voulaient être considérés comme des victimes, ils voulaient aussi être écoutés, comme des gens qui ont tout perdu…

Nous étions plus d'un an après leur expulsion. N'ayant pas obtenu gain de cause, ce groupe de personnes âgées, plutôt de classe moyenne, a donc entamé une grève de la faim. Ils avaient acheté dans l'immeuble ces petits appartements, résidences secondaires ou principales dans le Médoc, une station balnéaire simple, à une époque où cela coûtait le prix d'une caravane. D'autres plus jeunes avaient acheté récemment – il semble qu'on ne les avait pas empêchés d'investir à perte ou que certains vendeurs avaient manqué d'honnêteté. Monsieur Guichet y avait passé toutes ses vacances avec ses enfants, et ensuite ses petits-enfants. Si la situation avait évolué différemment, les appartements auraient pris de la valeur. Comme certains cabanons de pêcheurs ailleurs ou des granges dans certaines régions, le prix du luxe. Mais là, ce n'est pas une belle histoire ultra-libérale…

Une dame vient de découvrir l'état de son appartement vandalisé, et pleure sur le parking. Le maire ne viendra pas la saluer, aucun élu ne fera d'ailleurs le déplacement, sauf le candidat du Front national, les élections législatives approchant. Et, au bout de plusieurs jours, le candidat du parti écologiste passera tourner des images pour son film de campagne. C'est vrai que le décor est inquiétant.

Madame L. m'explique. La douleur, la colère, la violence du sentiment d'injustice. Comme expulsée de sa propre vie. Elle me dit : *À notre âge, se révolter, faire une grève de la faim et vivre dans un container au bas de notre ancien domicile, vous vous rendez compte ?*

Elle dit : *Alors, on est là.*

Là, où ils ont mis leur vie. Elle répète.

On a mis toute notre vie, ici.

La marée du siècle a eu lieu, le phénomène est répertorié dans un calendrier, et il ne mérite objectivement aucun suspense. Ce qui peut devenir spectaculaire dans cet événement tient au vent, à sa force, à sa direction, et aux coefficients. La marée du 21 mars 2015 n'a produit aucun des effets fantasmés.

Un jeune garçon me demande :

« Vous savez à quelle heure il s'écroule, Le Signal ?

– Jamais. On vous a menti. »

Il a l'air déçu.

Et puis, se tournant vers ses copains, il crie : « Elle en sait rien ! Faut attendre ! »

Dans la nuit, nous nous sommes installés. Vers 4 h 30, la pluie s'est arrêtée. Avec le vidéoprojecteur, Olivier couvrait l'ensemble de la façade d'images prises à l'intérieur, la vue depuis les fenêtres. Des enceintes sortait ma voix récitant un texte, *46 fois l'été*, une fiction poétique inspirée de l'immeuble abandonné. Le refrain *Il y avait des gens qui vivaient ici* résonnait entre les vagues et les murs. L'installation artistique durait onze minutes, elle se répétait en boucle entre 5 heures et le lever du soleil.

Le moment avait été très beau. On distinguait devant Le Signal des silhouettes qui allaient et venaient, ou d'autres perchées sur les dunes. Quelque chose du recueillement avait pris le dessus. Certains Soulacais étaient venus assister à un son et lumière et se retrouvaient devant un hommage. Beaucoup d'émotion, notamment de la part des résidents, dont nous n'avions pas imaginé, au début de ce projet, la présence.

Nous étions au petit jour comme une tribu rassemblée autour d'un grand feu.

Le Signal en pleine lumière avait titré le lendemain un journal local.

La première fois que j'ai entendu dire en vrai *la verrue* pour parler du Signal, cela venait de deux gendarmes.

Le soir avant *La Marée du siècle*, Olivier faisait des essais de projection sur l'immeuble, côté rue. Des gendarmes s'étaient arrêtés pour nous demander de quoi il s'agissait. *Ah, c'est vous les artistes* – ils avaient lu l'article paru dans *Sud Ouest*. Nous avions discuté avec eux. On riait un peu sous cape, de passer de cambrioleurs à vedettes. Ils n'y avaient pas vu d'inconvénient, plutôt sympathiques, et ils avaient dit : *Vivement qu'on s'en débarrasse de cette verrue.*

Je ne sais plus comment j'ai appris que les gens l'appelaient ainsi. Mais, à chaque fois que j'entendais quelqu'un le dire, ça me faisait mal. Je n'en revenais pas que des personnes le disent de cette façon, si évidente, avec une méchanceté. Par exemple, une jeune actrice croisée dans une soirée, dont les parents avaient une maison à Soulac, disait *la verrue* pour le désigner, et aussi : *Ça prend la vue, c'est moche, c'est bien fait pour eux l'expulsion.*

Une chercheuse aussi. Je l'avais écoutée lors d'une conférence sur le littoral – cette histoire me poussait à comprendre et j'ai appris par elle les notions d'aléas, d'enjeux, de risques, que les plages sont dynamiques, que ce mouvement d'érosion est un phénomène naturel, amplifié par les interventions humaines et par les événements climatiques qui s'accentuent. Elle étudiait particulièrement une zone du littoral atlantique, située plus bas par rapport à Soulac, au début des Landes. Elle exposait des éléments scientifiques, expliquait que l'érosion s'accélérait sans doute parce que les tempêtes augmentaient, mais avant tout, c'était un phénomène inéluctable, ce mouvement et ce recul à certains endroits. *Les plages sont vivantes. Il y en aura toujours mais elles bougent, c'est comme ça. Habiter si près est inconcevable. Il faut renoncer au plaisir de la vue sur la mer...*

Elle était catégorique.

Elle connaissait évidemment Le Signal. Et l'appelait aussi *la verrue*. D'après elle, il n'aurait jamais dû être construit là, alors ce surnom allait sans doute de soi. Pour moi, c'est toujours étrange d'entendre ce qualificatif, même des années après l'avoir entendu de la bouche des gendarmes. Beaucoup de Soulacais l'appelaient ainsi, je savais ce désamour entre Le Signal et la ville, et même je parvenais à le comprendre, mais je ne m'y habituais pas.

La ville de Soulac-les-Bains, puis sur-Mer, a sauvegardé une large partie de ses villas art déco. Les maisons, de petite taille ou plus cossues, sont classées. Depuis 2003, en juin, lors du festival Soulac 1900, on célébrait le début du XXe siècle, de la Belle Époque aux Années folles. Les habitants se déguisaient, swinguaient, jouaient en costume de bain rétro sur la plage à des jeux anciens, on roulait en Bugatti, tout un défilé de voitures de collection, un train à vapeur partait même de la gare de Bordeaux pour arriver jusqu'ici. *Une belle manifestation, importante pour se réunir, jazzer et s'émerveiller et voyager dans le temps, de s'en jouer de ce temps, de se retourner sur un passé qui a construit notre société pour y puiser une dynamique d'avenir...* Je l'avais lu sur le programme de la seizième édition.

D'une autre époque architecturale, l'ensemble Casino – Musée – Palais des congrès, dessiné dans un même style daté des années 1970, avait une certaine allure.

C'est sûr, Le Signal tranchait. On m'avait raconté que le promoteur avait réalisé « à ses frais » la longue avenue qui devait accueillir les autres bâtiments annoncés dans le projet initial. *Après, il a fait faillite et s'est suicidé. Heureusement, pourrait-on dire, ainsi on a évité le pire...* Je n'arrivais pas à savoir si l'entrepreneur s'était vraiment suicidé, et donc l'entreprise déclarée en faillite – j'avais la date de 1968 pour la mise en liquidation –, ou si le dépôt de bilan avait entraîné l'homme au suicide. Ou si cette mort était une légende.

Il est vrai que Le Signal n'était pas assorti à l'architecture de la commune. Son style, je l'ai décrit, était de ne pas vraiment en avoir, de ressembler à une barre HLM simpliste. Sans doute est-ce la preuve qu'il appartenait bien à un ensemble, et qu'ensemble les immeubles à venir auraient formé une ligne brisée, avec ce décroché de bâtiment en bâtiment, comme c'était le cas déjà entre les deux parties A et B de la résidence. Mais, surtout, on le détestait pour sa position dominante, même s'il n'était haut que de quatre étages.

Une nuit, j'avais suivi Olivier qui voulait réaliser une nouvelle projection sur la façade du Signal depuis la plage, à marée basse. La lune éclairait les vallons que dessinaient dans le sable les traces des baïnes. Il avait plongé Le Signal dans la lumière blanche des vidéoprojecteurs. Il prenait en photo, ainsi éclairés, des édifices ou des éléments de paysage comme une falaise ou une pile de pont. L'immeuble n'était pas trop dégradé à ce moment-là. Éclatant ainsi dans la nuit, il semblait tellement faire face, avec une solitude flagrante. Je le trouvais déchirant et majestueux.

Olivier avait avec lui des photographies du casino de Biarritz, lui aussi soumis au risque d'érosion, mais protégé. Il les avait projetées sur Le Signal, transformant la verrue en casino Bellevue. Intuitivement, il nous semblait que personne ne voulait sauver cet immeuble parce qu'il était laid – disons que ça pesait dans la balance –, sa masse ne suscitait aucun émoi. Aucun conservateur ou historien d'art ne lui trouvaient un quelconque intérêt, et sa portée économique était dérisoire…

Plus beau, il aurait peut-être eu une chance.

C'est curieux, parce qu'il prenait une place considérable, particulièrement ces dernières années, cité comme symbole dans beaucoup d'articles et de reportages sur l'érosion, le réchauffement, les réfugiés climatiques, et en même temps, on cherchait à l'effacer. Nombreux étaient ceux qui avaient hâte de tourner la page, qu'on n'en parle plus, faire comme s'il n'avait jamais existé. Au magasin de souvenirs, j'ai acheté ce qui devait être le dernier magnet sur lequel Le Signal apparaissait encore, une vue aérienne du front de mer, et on comprend bien qu'il est planté sur une dune de sable.

Pourtant, il fallait le voir dans la belle lumière du soir, quand la mer se retirait loin et qu'on le regardait depuis l'eau. L'équilibre de sa forme radicale, le soleil qui brillait dans les vitres, cette couleur beige qui éclatait – on peut dire de mille feux, il avait l'air en or.

Je suis tombée en amour de cet immeuble.

Ça m'est arrivé encore.

Le hasard. J'aurais pu ne jamais savoir. C'est sur une île grecque, parmi celles du Dodécanèse. Sur le plan de l'île, on lisait cette citation d'un poète grec ancien : *Tu ne trouveras ni cap ni port pour y entrer et jeter l'ancre.* Depuis, un port a quand même été construit, pas très grand mais suffisant pour déverser chaque matin les touristes du jour. Ils viennent visiter le volcan, l'excursion comprise dans leur séjour sur l'île voisine. On m'avait conseillé d'y aller après, quand les touristes seraient repartis. J'avais rejoint le volcan, au centre, en traversant les paysages désolés d'en haut, arrivant au cœur d'une plaine aride parsemée de grosses roches rondes et de buissons piquants et de chèvres brunes. Là se trouvait une maison où acheter un ticket d'entrée et des souvenirs.

J'ai marché jusqu'au fond du cratère, gris pâle et blanc, les taches jaunes du soufre, des fumerolles s'échappant des fentes. C'était étrange comme situation, une chaleur de partout, le soleil et le sol, et j'étais devenue toute rouge en quelques minutes.

Pour une saison haute, il y avait peu de monde sur cette île. Le responsable du magasin de location de scooters m'avait dit : *We have not the dream of tourism...* Les plages ne sont pas idylliques comme ailleurs en Grèce. Plutôt que du sable, des cailloux ou des rochers affûtés comme de l'acier coupant; quelques-unes s'étiraient, longues, et brûlantes. Toutes noires à cause du volcan.

La route serpente au milieu de paysages, verts, bruns, organisés en terrasses. Des murs de pierre ordonnés les uns au-dessus des autres, comme des murailles, des centaines, composent un jardin penché, minutieusement tracé. Il faut faire attention aux chèvres qui traversent n'importe où, et parfois aux chats minuscules et faméliques. Sur le bord de cette route qui surplombe la mer Égée, des bancs étaient installés à côté d'un lampadaire ou sous un arbre, souvent isolés. Il y en avait partout, comme si le maire en avait reçu tout un stock dont on aurait disposé le surplus au hasard, là-haut, devant des points de vue sublimes que d'hypothétiques passants, s'ils passaient, aimeraient à contempler.

C'est au détour d'un virage que j'ai aperçu la façade de balcons blancs, géométriques, à flanc de falaise. Un ensemble graphique, plus californien que grec, blanc d'un bloc, caché en partie par la végétation. Je me suis arrêtée devant un portail, une arche ouvrant sur le bleu, et l'hôtel en contrebas. Il n'y avait personne, j'ai pensé que c'était fermé à l'heure de la sieste. Un grand palmier bruissait dans le vent, et je n'ai pas vu à ce moment-là toutes les palmes grises et mortes amassées dans le jardin.

Le lendemain, par un autre chemin situé juste après un arrêt de bus, un arrêt de bus vert fané, l'air en trop comme les bancs solitaires du sommet de l'île, je suis arrivée directement devant un grand mur blanc, avec peint dessus en lettres rose pâle: HOTEL WHITE BEACH.

Le bâtiment débordait de plantes grasses, de cactus ronds et charnus, d'immortelles grillées par le soleil, d'hibiscus en grappes, de chardons géants, de buissons de câpres, de figuiers. Tout ça poussait au-delà des balcons et avait envahi les jardins et les espaces communs.

Une flèche indiquait: REC-PTION.

Un escalier, parsemé d'herbes et de fleurs, descendait vers une plage. Il s'arrêtait sur une terrasse, un reste d'auvent, un abri aux stores fermés, quelques chaises en plastique. Là, une digue de béton, fissurée, penchée, s'écroulant par endroits, semblait retenir tout entier – à peine retenir – l'hôtel au-dessus. Et qui s'ouvrait devant, une plage, la plage noire du White Beach.

Je suis restée là. Une dame, avec son chien, marchait dans l'eau. Un couple allongé, dans un recoin d'ombre, nu sur leur serviette. Deux jeunes filles, accompagnées d'un beau garçon musclé, sont arrivées. Des gens venaient de temps en temps, puis repartaient après un bain de mer.

Plus tard, une des deux filles s'est installée sur une chaise laissée sur la terrasse de ce qui avait dû être le bar de la plage. Nue, fine, assise droite, ses longs cheveux bruns mouillés brillaient dans la lumière.

Je crois qu'elle voulait que le garçon musclé la rejoigne. Son amie est allée cueillir des figues dans le jardin de l'hôtel. Elle m'en a offert. Elle s'est approchée de moi avec les fruits en équilibre dans ses mains. *You want ?* J'ai accepté. Elle m'a tendu les figues, je voyais au même niveau les deux seins pointus plus blancs que le reste de sa peau, et les petits fruits trop mûrs, légèrement fendus par le soleil.

Pendant ce temps, le garçon faisait des longueurs devant nous, bruyamment.

Je le regardais nager, et je me posais des tas de questions : comment, pourquoi, depuis quand, quelle était l'histoire de cet hôtel géométrique, abandonné à son sort, et ce nom absurde, et beau quand même, comme un titre de film, mais avec cette plage contradictoire, si noire ?

Nicolas, qui tenait le café à Pali où j'allais tous les matins, m'a renseignée.

Oui, cette plage était blanche. Il me montre une photo sur un ancien plan touristique. *Il y avait une carrière de pierre ponce, juste à côté, tu regarderas, il reste le ponton métallique qui s'avance dans la mer, à gauche de la plage, derrière la falaise. Avec la carrière, du sable blanc se stockait là, et la plage devenait blanche, la seule de l'île, White Beach. J'y allais quand j'étais jeune. Un soir, je suis resté caché un long moment à regarder des filles, des touristes, toutes nues, qui se baignaient. Je suis content que tu me poses ces questions. Parce que ça me le rappelle...*

Dans les années 1990, un homme a acheté le terrain au-dessus de la plage, et il y a fait construire l'hôtel. Après quelque temps, il a estimé qu'il n'avait pas assez de clients. Selon lui, c'était la faute aux activités de la carrière, elle faisait trop de bruit. Il a engagé un procès contre l'exploitant. Il a gagné, la carrière a fermé. Mais l'hôtel aussi a fermé, pour cause de taxes impayées. Sans la carrière, le sable blanc a fini par disparaître complètement, et la plage est redevenue noire, comme les autres.

Parfois, quelques pierres ponces reviennent sur le bord, avec les vagues. J'en avais vu, j'avais cru d'abord que c'était des morceaux de mie de pain qui flottaient.

Si tu y retournes, tu croiseras sans doute l'Albanais. N'aie pas peur, il vit dans une des chambres là-haut. C'est peut-être le gardien, un ami du propriétaire. On ne sait pas vraiment. Il y a beaucoup de rumeurs... Mais personne n'ira le déloger. Ici, on laisse les gens tranquilles.

L'hôtel White Beach se superposait au Signal.

Je me demande si l'abandon a un début précis, si quelque chose se dégrade immédiatement, à l'instant où le dernier ferme la porte. Mais, bien sûr que non, il se passe du temps avant que ne paraissent en façade la solitude et les mystères.

Je logeais dans un endroit simple, avec vue sur la mer. Mais toute proche que je fusse de la plage, une route m'en séparait. Je n'étais pas exactement en première ligne. Il y avait une maison rectangulaire et blanche construite sur l'eau et protégée de quelques rochers. Par les fenêtres ouvertes, je distinguais un miroir, une tête de lit, une pendule, un vêtement suspendu ; les vagues de la Méditerranée venaient se briser sur le mur de cette chambre. À plusieurs moments de la journée, les personnes âgées qui vivaient là se tenaient assises dans des fauteuils du côté de l'ombre sur la route, saluant ceux qui passaient... Quand la porte de devant était ouverte ainsi que celle de derrière, on voyait la mer bleue à travers leur maison, au bout du couloir. Il y avait toujours du vent sur cette île et les vagues faisaient du bruit en roulant sur les cailloux. Je me demandais si on les entendait à l'intérieur cogner contre le mur. À cet endroit, elles arrivaient d'en face, et la digue du port juste à côté devait les renforcer. Quand le vent soufflait à plus de 40 kilomètres-heure, ce qui était fréquent, ce bruit de cailloux remués par la mer était assourdissant, aussi étonnant que cela paraisse. Certains soirs, je fermais les fenêtres de ma chambre. Je pensais à cette habitante du Signal qui m'avait raconté que les soirs de grand vent, elle était obligée de se mettre la tête sous l'oreiller pour ne plus entendre.

Chaque jour, je suis venue au White Beach, aimantée.

Aux abords, la végétation poussait librement. La peinture de l'arche blanche était craquelée. Maintenant, cela me sautait aux yeux. Le portail se découpait sur la mer, comme un cadre posé sur une photo, un zoom inutile sur un paysage, ton sur ton bleu dans bleu, et devant, évoquant un certain luxe, un palmier planté dans une longue jardinière encombrée de cactus et d'herbes sèches, et ce crissement des palmes dans le vent. Cette porte simple et magnifique ouvrait sur l'imaginaire, sur le rêve grec qu'on se fait, une vie douce et bleue. Et si je ressentais tout ça, c'était à cause de la peinture craquelée, et parce que personne ne passait jamais sous cette arche. Avec des vacanciers et autant de valises à leurs pieds, des bus et des scooters garés, avec la bousculade estivale d'une saison touristique, est-ce que j'aurais découvert la poésie du White Beach ?

Un matin, un vieil homme en marcel blanc et bermuda, avec un chapeau à larges bords, se tient debout sur un muret. Il a à la main une longue perche de bois et, pendue au bout, une fine boîte de conserve. À l'aide de cette sorte de canne à pêche, il attrape, adroitement, les fruits piquants de l'énorme cactus en contrebas. Un à un, il les dépose dans un sac. De temps en temps, un fruit tombe à côté. Il a un petit geste de la tête, agacé, puis il reprend son travail délicat. Il me laisse le regarder faire. Je ne lui demande pas d'en goûter un, je ne saurais pas me débrouiller pour manger cet oursin fleuri.

Dans l'escalier qui descend vers la plage, je dois écarter des branches lourdes qui frottent sur les marches envahies de feuilles mortes. Je me penche pour passer sous le figuier.

Par endroits, on sent cette odeur de foin sec. Pourtant, là, sur la pente de l'hôtel, tout pousse, sauvage, luxuriant, des vignes vierges et des hibiscus, des grappes de plantes grasses ou de cactus. Le jardin occupe l'espace.

Un tag ou deux, mais discrets, des phrases, déjà un peu effacées. *You're my music*. L'hôtel White Beach a fermé en 2009 ou 2010, mais les années d'abandon commencent tout juste à se lire. Comme la souche d'arbre qui demeure sur la terrasse devant Le Signal, des tas de pierres semblent soudées pour toujours à l'escalier accroché à la digue de béton et qui s'écarte du pan de la colline.

Un autre matin, sur le sable noir de la plage, un grand tissu bariolé est attaché comme un paravent, peut-être pour le faire sécher. Il n'y a personne à proximité, ni en train de se baigner.

D'ici, je réalise à quel point la digue de béton se fissure et penche. Peut-être l'hôtel est-il en train de s'effondrer ? Et s'il était construit sur ce sol friable de pierre ponce et non sur des rochers comme la petite maison au bord de la route ?

Pendant que je me baigne, un homme est venu dénouer le tissu et il est reparti avec.

À part cette impression d'un écroulement probable, le décor dans l'ensemble paraît statique. Depuis l'eau, je regarde l'énorme mur de béton cassé, avec l'escalier à moitié tombé dans l'eau ; au-dessus l'hôtel, ses belles avancées de fenêtres rectangulaires à travers les palmiers et la végétation grimpante, sa façade blanche, les deux bâtiments décalés légèrement l'un de l'autre, et cette pente dont on perçoit la fragilité. Cela prendra du temps, mais le White Beach, contrairement au Signal, finira sûrement usé, peut-être en morceaux, après d'infimes éboulements successifs. Je doute que la ville prenne à sa charge la destruction.

Je revenais. Parfois très tôt. Le soleil se levait à 6 heures et j'aimais cette lumière naissante sur la mer, puis rouge au-dessus de la montagne, et très vite incandescente dans le ciel bleu. Un matin, alors que je gare le scooter de location à l'entrée de l'hôtel, un homme se tient près du figuier, en train d'accrocher dans les branches un sac en plastique qui contient une pastèque. À voix basse, nous échangeons un *Hello*. C'est l'Albanais, j'ai pensé.

Souvent seule sur cette plage, je lisais, je me baignais. J'observais : la passerelle métallique de la carrière qui dépasse des rochers sur la gauche, en face l'île de pierre ponce qui se creuse, au fur et à mesure qu'une entreprise de cimenterie l'exploite. On peut s'y rendre pour y passer quelques heures. Il y a là-bas une plage blanche de sable fin. Au pied du White Beach, ce ne sont plus que ces toutes petites pierres qui flottent puis roulent dans le sable noir.

Cette fois, la porte de la réception est entrebâillée. La même timidité qu'en entrant dans Le Signal. Et cette inquiétude que quelqu'un surgisse, cette appréhension d'enfreindre la loi de la propriété, qu'une porte claque trop fort, qu'un cadavre attende d'être découvert : tout un tas d'histoires effrayantes et imaginaires. Mais ici, il n'y a aucun panneau d'interdiction, aucune barrière. Peut-être, quelque part, quelqu'un qui surveille ?

J'entre. Au fond de la pièce, la longue baie vitrée, malgré sa saleté, donne à voir la mer scintillante. Accrochée à côté de l'escalier, une bulle en plastique orange, une ancienne cabine téléphonique. Autour, un balai, un extincteur, des tableaux de travers, des appliques avec leurs ampoules, une plante morte. Par terre, des livres éparpillés. Quasiment tous en allemand. Vu les couvertures, il s'agit des incontournables titres de polar, romans d'espionnage et de gare. De l'autre côté, un bar, des bouteilles ouvertes sur un comptoir, des verres, comme si la fête s'était finie sans qu'on ait eu le courage de ranger, on verrait plus tard. Et plus tard n'était jamais arrivé…

Sur et derrière le bureau de la réception, un vrac de paperasse, les tiroirs ont été fouillés, des livres de compte écrits à la main, des piles de cartes postales, des guides de l'île en plusieurs langues, des paquets de papiers à en-tête et des cartons d'enveloppes siglées *White Beach*, un cendrier, des clés, un fax avec un tas de feuilles vierges prêtes à dérouler et s'imprimer.

Je recommence mes listes d'objets trouvés.

Dans les chambres : parfois un lit, un bureau, des chaises en plastique et une table pour s'installer sur le balcon. Dans la salle de bains : de vieux savons secs et un verre à dents. Je remarque sur le sol, dans plusieurs chambres, des ailes de papillons morts. Dans l'une d'elles, cette fois, un seul papillon, vivant. Il essaie de sortir de la pièce, je lui ouvre la fenêtre. Elle grince un peu, difficile à bouger. Là, une valise et des vêtements. Des cintres dépareillés dans les placards, comme récupérés de plusieurs magasins – bizarre pour un hôtel de ce style. Certaines pièces sont fermées à clé. D'autres n'ont plus de poignée. Il n'y a pas de chambre 13, on passe directement de la 12 à la 14.

Les espaces de vie collective se répartissent sur les trois étages. Au sous-sol, dans la buanderie, des dizaines de draps blancs pliés. En bas, une pièce avec la machine à glaces, le salon de thé peut-être, ou la salle des petits déjeuners. Au dernier étage, un panneau indique la direction d'un bar panoramique. J'y trouve les mêmes restes d'une fête passée, des tabourets au comptoir, une sorte de caisse enregistreuse, des dessous de verre, un cendrier. La vue sur la mer est grandiose, même à travers les vitres sales.

Je suis restée assise à ce comptoir fantomatique, sans doute trop longtemps. J'ai entendu des pas. J'ai essayé de rester tranquille, après tout je ne faisais rien de mal, et l'homme se tenait maintenant devant moi.

C'est lui qui, dehors, accrochait le sac en plastique dans l'arbre.

« Tu cherches quelque chose ? il m'a dit en anglais.
– Vous habitez ici ?
– Oui. Ça t'intéresse ? »

Je ne savais pas quoi répondre.

« Tu veux visiter ma chambre ? »

Je n'ai pas bougé.

« Tu veux venir avec moi ? »

Ou je pars en courant.
Ou je le suis.

« Viens. »

Par la fenêtre, l'île creusée, le bleu infini. Et cette mer scintillante que j'ai tellement regardée. À force, j'ai des taches de couleur devant les yeux, comme des lucioles.

C'est rare que je vienne à Soulac en été.

Sur la plage, les gens s'installent à distance du Signal. Au milieu des estivants et des parasols, cela forme un espace vide, un no man's land où je pose ma serviette, seule. Je me baigne là, avec le plaisir de l'eau fraîche. Je me laisse porter. Petite, ma mère disait : *On va faire l'ascenseur*, et on montait et descendait au rythme des grosses vagues. Dans ce mouvement de roulis, le corps balancé, les yeux rivés sur lui, je compte : une cinquantaine de vitres brisées. Celles de l'appartement à la moquette orange aussi.

Avec ce vent chaud du Sahara, depuis quelques jours on étouffe, en juin et déjà la première canicule de l'été, cette chaleur et cette ruine d'immeuble sous les yeux donnent l'impression d'une zone de guerre.

Des traces de fumée ont noirci la façade au niveau d'un appartement qui a brûlé. Une fois, j'y suis entrée : noir du sol au plafond, un luminaire à l'abat-jour fondu et un fauteuil trônaient encore, carbonisés.

Là, des tissus déchirés s'échappent de certaines fenêtres, flottent dans le vide, comme des tentacules de méduses, des voilages entortillés ressemblent d'ici à des dentelles. Un store va et vient de dedans à dehors. Les lamelles déglinguées s'entrechoquent doucement, certaines tordues à force de cogner avec le vent contre les rebords. Des cordelettes sorties des mécanismes frottent contre les cadres des fenêtres. Les volets roulants du rez-de-chaussée arrachés et soulevés, les portes d'entrée éventrées. Les grillages installés autour. Les épaisseurs de verre brisé étincellent au sol, jonché des objets fracassés jetés du haut des étages. Les tags de plus en plus envahissants. C'est le paysage d'une catastrophe. Et on ne sait pas si elle est finie ou si elle est en cours.

Est-ce que Le Signal allait s'écrouler ?

Cette question s'est posée un moment.

Suivie de : Est-ce que Le Signal sera détruit ?

Puis : Quand Le Signal sera détruit ?

Quelquefois, quand il y avait une tempête, cela relançait le suspense : Le Signal va-t-il tenir ?

Si on le laissait tranquille, des immortelles finiraient peut-être par pousser sur le toit, ou même des pins, et ces liserons qu'on voit courir dans les dunes fleuriraient sur toute la façade : Le Signal deviendrait aussi beau que l'hôtel blanc de la plage noire...

Ou il commencerait à s'affaisser. Puis enseveli, il réapparaîtrait à marée basse. Comme ce blockhaus traversé par les vagues à marée haute, un blockhaus refaçonné par les éléments, penché et travesti par la nature, qui participait encore au travail de mémoire, qui racontait l'homme et la guerre. Beaucoup de soldats héroïques et jeunes étaient morts dans ce décor océanique, ou sur les rives de l'estuaire, des récits par centaines. On trouvait, au pied de stèles commémoratives, des bouquets de fleurs desséchées avec agrafées au plastique des cocardes abîmées; et sur les plages, les blockhaus étaient devenus de gros cailloux gris – ou tagués de dessins géométriques, ou vert vif quand ils étaient recouverts d'algues et de mousse au milieu de l'eau.

Le Signal aurait raconté l'homme et la nature.

Je le regardais avec inquiétude.

J'aurais voulu qu'il ait le destin d'une pyramide, ou celui de Cordouan, qu'on voyait d'ici, le phare construit pour l'éternité, immobile depuis 1584, les sables lui tournant autour, le paysage maritime s'adaptant à l'édifice. Depuis cinquante ans, les deux se faisaient face dans leur position paradoxale. Bientôt, Le Signal laisserait à nouveau toute la place à l'unique sentinelle. Et, pour le temps long de Cordouan, Le Signal serait une simple disparition, sans état d'âme.

J'avais posé des questions à un ingénieur. D'après lui, il n'y avait aucune chance pour qu'on assiste à un effondrement, Le Signal n'allait pas tomber comme ça en poussière sur lui-même. Les pieux enfoncés dans le sol le retiendraient. Il basculerait peut-être, d'un côté ou de l'autre, une tour de Pise, il céderait à la pente, lourd dans un affaissement lent.

Comme une chair en train de pourrir, son dépouillement se faisait sous nos yeux, parce que les gens le vandalisaient, le dépeçaient, gratuitement, même si ce n'est sans doute pas adapté de dire que c'était gratuit. On ouvrait dans les grandes villes des *fury rooms*, des lieux dont le concept était de casser à la batte de baseball une pièce reconstituée, et ensuite de boire un verre. Pour se défouler.

Mois après mois, sous les humeurs de visiteurs mal intentionnés, Le Signal était de pire en pire, pire que quand on l'appelait la verrue.

Il n'avait rien d'un grand squelette propre et blanc que l'on pourrait conserver admirativement comme un vestige archéologique. Grossier, il étalait l'intimité, au milieu des saletés, des moisissures qui gagnaient, et l'air salé qui ronge.

Seuls les objets métalliques en rouillant se métamorphosaient en sculptures, mais la merde sur les murs étalée par des squatteurs énervés, mais les oreillers éventrés, les portes crevées à coups de poing, les bidets arrachés des canalisations et jetés par les fenêtres, explosées à leur tour... Pour les propriétaires, cela avait dû être un calvaire. L'immeuble n'était pas du tout protégé. N'importe qui pouvait entrer, y rester. Cela devait faire du bruit d'éclater toutes ces vitres, mais vu l'état du Signal après quatre années d'abandon, on n'avait, selon toute vraisemblance, jamais empêché qui que ce soit.

On disait qu'il était plein d'amiante, on le disait et on ne le disait plus et on le redisait encore, les rumeurs disaient une chose et son contraire.

Avant de décider quoi en faire, il fallait le temps de la justice. Des procès avaient été engagés pour désigner un responsable à cette situation : qui allait rembourser les propriétaires ? Qui allait payer la démolition ? Ils n'avaient pas le droit d'être indemnisés par le fonds Barnier, consacré aux victimes de catastrophes naturelles, les tribunaux considérant l'érosion du littoral sableux comme un phénomène connu, et non comme un événement climatique. Cela évitait sans doute une jurisprudence conséquente, la côte aquitaine longue de 600 kilomètres.

Pendant ce temps, Le Signal tenait bon, même saccagé par les différents actes de vandalisme dont sont capables les humains : mettre le feu, arracher les revêtements, piller tout ce qui est possible, vider le moindre tiroir, déchirer les pages des livres, casser, jeter une télé à travers, tirer sur les fils...

Sans vitres, le vent et la pluie s'engouffraient.

Les autorités ont fini par murer quelques-unes des baies vitrées du rez-de-chaussée et des portes. C'est devenu plus compliqué d'y entrer mais pas impossible. Un jour, des rubans blancs et rouges et des panneaux *Amiante Danger* sont apparus, plus menaçants que ne l'étaient les interdits jusque-là.

Mais c'était trop tard.

Je ressentais une peine infinie à le voir ainsi. Le chagrin aurait dû nous monter aux yeux, nous prendre tous à la gorge : j'étais certaine que son destin allait avec le nôtre.

Il avait fait sa vie, une vie de rêveurs et de vacanciers : *46 fois l'été*. Nous étions nés à peu de distance.

Des amourettes en juillet, des amours fous en août, des retrouvailles l'année suivante, des locataires allemands, des locataires du Nord, des propriétaires de Bretagne, des propriétaires de Bordeaux, et de la région parisienne, et parfois des Anglais et des Hollandais, et la famille belge qui revenait tous les deux ans, et ce couple sympa avec un enfant puis deux puis trois, et lui qui était heureux d'accueillir sa petite-fille là où sa propre fille avait passé toutes ses vacances.

Tant de gens, tant de plaisirs, tant de moments joyeux. Car dans l'ensemble, ce lieu a eu l'habitude de la joie, des rires, des douches fraîches pour se rincer du sable, des dîners tardifs, des œufs durs à préparer pour le pique-nique du lendemain, des roucoulades devant le coucher de soleil – il tombait dans l'océan juste en face, chaque soir le même spectacle et on ne s'en lassait pas, dans l'appartement blanc aux stores orange on applaudissait en commentant pour rigoler comme si c'était organisé : *Ah vraiment, très bien ce soir, Le petit détail du voilier qui traverse la scène, c'était parfait, Bravo bravo !, Bis ! Bis !* L'apéro finissait, c'était l'heure de dîner, on appelait les enfants, on mangeait des melons et des saucisses grillées ; le matin au petit déjeuner, on levait la tête du Benco pour voir passer le bateau rouge qui partait à la pêche. C'était une vie comme ça, les gens de l'été, les vacanciers qu'on a appelés ensuite les touristes…

Bien sûr, ils ont eu aussi des malheurs et des chagrins, ils ont reçu des mauvaises nouvelles, peut-être que des divorces se tramaient, et certains, qui savaient qu'ils venaient là pour la dernière fois, ont pleuré en cachette avant de descendre les valises jusqu'à la voiture. Ils ont eu des déceptions, des voisins qu'ils pensaient des amis, des adolescents en colère parce qu'ils devaient rentrer avant minuit alors que tout commence après minuit. D'autres ont rêvé, que c'était chez eux au lieu de louer, les aménagements qu'ils feraient, la peinture jaune sur les murs, et cette vue le plus souvent possible, persuadés que regarder la mer tous les jours, ça pourrait suffire pour être heureux.

Mais ils voyaient bien à travers la fenêtre – où je me suis tenue aussi, fascinée, même si je n'habitais pas ici – ce qui arrivait. Ils étaient les plus concernés, les plus lucides dans cette histoire. L'un d'eux regrettait de n'avoir pas choisi plutôt un appartement de l'autre côté, avec la vue sur la route ; il aurait observé les arbres au lieu de ces vagues approchantes, comme plus grosses au fil des années. Et avec des pins sous les yeux, il aurait pu rester insouciant plus longtemps, feindre la surprise au dernier moment, ne pas se morfondre face à l'inéluctable. Il avait cru d'abord que le maire ferait édifier cette digue, qu'on les protégerait, quand même c'était fou de ne pas le faire, c'était impensable qu'on les abandonne à leur sort, ils n'y étaient pour rien, c'était injuste, ils n'avaient rien fait de mal, ils n'avaient qu'à pas construire des immeubles à ces endroits-là si c'était pour les punir ensuite et les accuser eux ; lui il n'aurait jamais acheté cet appartement si on lui avait expliqué les risques, si on l'avait prévenu, il avait investi pour toujours, pour finir sa vie ici peut-être, il avait payé pendant vingt-cinq ans, chaque mois la petite somme, il ne roulait pas sur l'or, qu'est-ce qu'il croyait monsieur le maire ? Il n'avait pas une villa lui, juste un T2, avec la plus belle vue du monde, ça il en convenait, il n'en revenait pas d'avoir pu se payer ça, mais il avait la tête sur les épaules, il ne se serait jamais mis dans une situation pareille s'il avait eu le moindre indice que c'était irresponsable, si on accordait des permis de construire, c'était bien parce que l'État jugeait et permettait qu'un immeuble soit construit là, un immeuble ce n'était pas une cabane en bois !

Il tournait les arguments, il maudissait les élus et les ingénieurs, il s'en voulait de les avoir crus, tous des menteurs, tous des pourris, et il n'avait pas besoin de leurs données : la mer menaçait, il suffirait d'une tempête et d'un coefficient élevé, ça pouvait mal finir. Il ne pensait pas que l'immeuble pouvait s'écrouler mais qu'est-ce qu'il en savait au juste ? Partout dans le monde des catastrophes, Fukushima tiens, une centrale nucléaire, on pensait que tout était prévu et calculé et envisagé pour sa protection ! Quand sa femme lui demandait s'ils étaient en danger au Signal, il répondait que non, qu'il était solide, mais il lui mentait, il n'avait aucune certitude.

Avec les quelques mètres à peine restants de l'océan aux appartements, le constat implacable. L'échec. L'arrêté de péril imminent. L'évacuation.

Le Signal sans vie. Le Signal s'éteint.

Fin de l'épisode érosion du littoral ?

Bien sûr que non. Le sable écrit une histoire infinie, de pleins et de vides, de recommencements. D'arrachements, selon le terme qui décrit l'action de la mer emportant le sable des plages. De déplacements et d'engraissages, quand la mer organise des trop. Si on lui impose des obstacles, il va quand même ; par-dessus, à côté, le sable tournoie, s'infiltre, forme des dunes, c'est arrivé qu'elles deviennent aussi hautes que celle du Pilat. Sa seule fin, le sable, quand l'homme, exploitant, le transforme en ciment.

Le Signal, de sa place, aurait pu prendre en charge les souvenirs, les symboles, avertir – avec le nom qu'il a, il ne pouvait pas échapper à sa tragédie, le fatum c'est insurmontable, mais avant il pouvait être utile. Un étendard.

Au lieu de ça, impuissant.

Condamné à mort.

Décidément, on ne veut rien savoir.

Pendant l'hiver, parfois je dors dans l'un des rares hôtels ouverts à Soulac, le Nautilus – sans étoile –, situé dans la rue principale. Du dernier étage, on aperçoit par-dessus les toits un bout du Signal et de mer.

Hors saison, il y a des soirs où, pour dîner, seule la pizzeria est ouverte. À l'intérieur, les Soulacais se reconnaissent, ils ont leurs habitudes. La patronne est rieuse, travailleuse, elle a un petit mot pour les clients. Elle résiste au rythme touristique qui s'accélère en juin et s'arrête début septembre. Courte saison.

Un matin, la ville est cachée sous le brouillard.

Je descends marcher sur la plage.

Le Signal a disparu dans une opacité blanche qui enrobe tout le front de mer. À force de regarder, et parce que je le cherche à travers, je devine les lignes de l'immeuble. Le soleil pâle se lève, transperce lentement les nuages, et les lignes se distinguent, plus foncées, apparaissent sans équivoque, il revient peu à peu à la surface du monde.

Pendant de longues minutes, Le Signal a été effacé du paysage.

Je suivais les avis de tempête.

Quand les conditions météo annoncées étaient mauvaises, j'envoyais un message à Olivier : *Ça va être dur pour Le Signal aujourd'hui.* Je pouvais lui dire ces choses-là. Et lui me proposait : *Viens, on va le voir.*

Je ressentais pour l'immeuble une affection personnifiée de cette sorte. Je l'imaginais seul, et éventré, aux prises avec la tempête qui le frappait de plein fouet, je le transposais dans un combat solitaire, usant de ses dernières forces pour ne pas vaciller, pour ne pas nous quitter. Je le trouvais beau – et même, je lui étais reconnaissante – de tenir bon malgré notre abandon, malgré l'indifférence.

Quand on arrivait au niveau de l'allée qui longe le palais des congrès et le parking, mon ventre se nouait. Comment serait-il cette fois-ci ? Quelques secondes, j'avais même la sensation qu'il avait disparu parce que, dans mon esprit, il se trouvait toujours plus près de la route qu'il ne l'était et je ne le voyais pas de suite, quelques secondes dans l'illusion du vide à sa place. Je m'entraînais à imaginer le paysage futur.

Soulevé par le vent, le sable remplissait les trottoirs. C'est arrivé déjà que les voitures garées soient ensablées jusqu'aux portières. Chaque fois, un employé de la ville aspire le front de mer au moyen d'un camion surélevé, de larges balais sous le véhicule avalent le sable. Le camion va et vient au milieu de nuages de poussière. Quand il y a du vent, il sait que *sa journée commencera par le sable.* Il a grandi ici, il *prolonge un peu les jeux de l'enfance*, c'est ce qu'il dit en riant. Mais parfois, cela doit rendre fou.

Cet hiver-là, en 2018, j'ai cru que c'était la dernière fois que j'y entrais.

Un tronc d'arbre a été mis en travers de la cage d'escalier. Tout a été complètement saccagé. Certaines marches manquent entièrement, il faut enjamber un trou. Il fait très froid, le vent souffle fort, la marée est haute, le bruit des vagues omniprésent. Il y a pourtant un grand soleil, la lumière est presque celle de l'été.

Je marche par endroits sur un tapis de verre d'au moins deux centimètres d'épaisseur. Une raquette en bois. Un numéro d'une revue, *Cyclope*, daté de 1991. Un coussin dans l'escalier, plus loin un matelas. Des cartes à jouer dispersées au fur et à mesure des pièces, une sorte de Petit Poucet divinatoire. Quand j'atteins un nouveau palier, un autre étage, j'éprouve un peu de peur, une hésitation à poursuivre. Le décor n'est plus celui d'une image arrêtée sur la vie, sur un départ, sur des souvenirs, mais celui d'un carnage, anarchique. Comme si quelqu'un avait décidé qu'il ne devait rien rester.

Des casseroles, des cassettes VHS, une poignée de porte en forme de poisson, un presse-purée, trois dominos, le neuf de cœur, un volant de badminton.

Je devine les plaisirs, la violence, le défoulement, les défis, les ivresses, l'insolence, la rage, déchirer, jeter, brûler. Une zone sans règles ? La jouissance d'une destruction sans risques ?

Des pièces de puzzle, une serviette rouge, des amalgames de machines, un arrosoir en plastique bleu, la dame de pique.

Je me sens mal à l'aise. Je détourne un peu les yeux. Pour me rassurer, je me berce du bruit familier, la permanence de l'océan, vivant.

À chaque fenêtre, la vue dans la mer, donnant en fonction du dessin de la brisure dans la vitre une forme géométrique singulière, comme un mandala aigu et coupant, les vagues derrière, l'immensité verte.

Dans le viseur. La contemplation intranquille. Obsédante, j'y reviens toujours, encore regarder, à chaque fois, à chaque fois cette vue dans l'océan. Je finis toujours au même endroit, attirée, le papillon, devant une fenêtre. À marée haute, on avait la sensation d'être dans un bateau, enfoncé dans l'eau, droit devant, vers l'horizon.

Je pensais que si j'avais habité là, je n'aurais pu rien faire d'autre que ça. J'aurais passé mon temps à regarder ce paysage mouvementé.

Lire lentement, lever la tête du livre toutes les cinq minutes, perdre le fil des phrases dans la ligne des vagues. J'aurais peut-être appris à peindre ? J'aurais réalisé des marines, inlassablement, à la peinture à l'huile si lente à sécher. Des heures. Des jours. Des années. Et sur mes tableaux, on aurait vu l'océan venir jusqu'au Signal.

Je mens un peu, je ne dis pas tout.

Je cherche le personnage principal de ce récit. Certains lieux restent ouverts, avec leur force, une charge, ou plutôt que des charges des vides, qu'on remplit. Je me laisse séduire aisément par ceux-là.

Le Signal est romanesque. Désormais, il m'appartient. On dira ce qu'on voudra, il m'appartient, pas un appartement, pas deux appartements, la résidence tout entière. Je l'ai peuplée d'amis imaginaires, donnant naissance à des chapitres.

J'imaginais un héritage.

Son père était mort quelques mois après l'expulsion, elle ne le voyait plus beaucoup, venait là en vacances petite. Ça commençait par une scène chez le notaire, qui lui expliquait cet appartement dans Le Signal, le procès, la décision de la destruction, on ne savait pas quand ; si elle acceptait, elle héritait donc d'un appartement en cours de disparition. Le notaire lui déconseillait d'entrer dans l'immeuble. Pendant qu'elle l'écoutait parler, elle regardait derrière lui un tableau, une scène de chasse, un renard traqué dans la neige, un groupe de chasseurs, fusils en main, des chiens excités aux gueules frémissantes, la peinture qui rendait étincelantes la neige et les dents des chiens, le renard regardait vers elle, les chasseurs semblaient en pleine discussion...

On avait l'impression que le renard pouvait encore s'échapper.

« Vous savez que c'est interdit d'entrer dans l'immeuble ?

– Oui. Mais ça n'empêche personne d'y aller apparemment…

– Votre père avait pu récupérer toutes ses affaires ?

– Oui, je crois. »

En fin d'après-midi, parce que c'était l'heure de la lumière traversante, elle se rendait au Signal. Elle avait son passage sous le grillage côté plage, plus discret que côté rue. Elle hâtait le pas jusqu'à l'entrée, vite, l'escalier. Elle commençait toujours par aller chez son père.

Parfois, dans l'appartement, à son tour derrière la fenêtre, brisée avec autour du trou l'étoile qui s'effilochait, elle avait le vertige. L'océan était gris comme le ciel, la tête lui tournait. Les deux chaises posées là, une mise en scène peut-être, une façon de dire *Regardez ce qui est beau*. Ou peut-être qu'il venait avec quelqu'un ?

La chaise marron, elle l'avait toujours connue, son père y tenait, un des rares souvenirs de ses parents. Elle s'installait plutôt sur le fauteuil vert en plastique, légèrement tourné vers le soleil. Assise à cette place désignée, elle avait compris très vite que des choses à se dire avaient manqué. Que son père lui laissait l'histoire.

J'imaginais des rencontres.

Il attache son vélo dans la rue piétonne, et marche jusqu'à l'immeuble. Il y entre en passant par la barrière dont le bas est soulevé, il se dépêche, il n'a pas envie qu'on le repère.

Il monte jusqu'à son appartement. Il a décidé que c'était le sien. Il joue à ça. Ne fait rien de mal. Pour la première fois de sa vie, il a un luxe : la vue sur la mer. Il en a visité plusieurs avant de choisir celui-là, à cause de la moquette orange. Pendant plusieurs semaines, il a ramassé systématiquement les livres trouvés dans les appartements. Il les a rangés ici. Il est bien. Il s'assoit sur la moquette, dans le carré que dessine le soleil. Il appuie son dos contre le mur, recouvert aussi de cette moquette qui étrangement n'a pas fané avec le temps. Il lit, fume une cigarette, il écoute l'océan et le vent. Parfois, il s'endort.

Quelquefois, il entend des bruits et des voix. Des gens circulent dans l'escalier. Des jeunes qui dessinent sur les murs. Des photographes. Des fêtards. Il part le soir en poussant la porte derrière lui. Espère que personne ne détruira sa demeure.

Elle est arrivée comme lui, comme les autres, en franchissant l'interdiction. Il s'était endormi, et quand il a ouvert les yeux, cette fille se tenait en face de lui.

Elle a dit : « Excusez-moi, je ne voulais pas vous réveiller ni vous faire peur. »

Il a répondu : « Ça va, c'est bon, je ne dormais pas vraiment... »

Elle a demandé : « Vous habitez ici ? »

Il a répondu : « Oui, on peut dire ça. Ça vous intéresse ? »

Adolescente, elle venait dans cet appartement, elle ne pouvait pas oublier cette moquette.

« Vous êtes de la famille de Delphine ? »

Il a hésité avant de dire : « Oui. Un cousin. »

« J'ai toujours adoré cette pièce... C'est à vous les livres ?

– Je les récupère dans les autres appartements.

– Vous voulez les sauver ?

– Les lire. Et peut-être les vendre ensuite.

– Vous aimez les livres ?

– Je fais ça par réflexe. Comme ramasser des coquillages.

– Il y en a des bien ?

– Je crois. Mais beaucoup de vieux romans de gare.

– Ah, je vois celui de Romain Gary.

– Il est à vous ?

– Non, mais je l'avais aperçu dans un des appartements. Je m'en souviens à cause du titre. Vous vous appelez comment ?

– Éric. Et vous ?

– Barbara. »

Dans les lieux qu'on nomme délaissés, indéterminés, les friches, les chercheurs analysent les sols, les espèces végétales, les dépollutions à engager, les reconversions. Mais assez peu comptabilisent ou évoquent, dans l'observation méthodique de la zone d'étude, le nombre de préservatifs. Qui supposent des soupirs, des culs à l'air, des sexes mouillés, des queues dures ou qui essaient, des salives, des mots crus. On se rhabille vite à cause du froid ou d'un bruit qu'on entend, une voiture qui se gare, des gens qui approchent. Ce n'est pas l'idéal, ni du confort ni de l'hygiène, ces endroits-là, on y chie autant qu'on y baise, il faut avoir envie ; justement on peut avoir envie de ça, de le faire là, avec ou sans préservatif, on s'essuie avec des kleenex, on laisse derrière toutes ces traces de passage, pas forcément par insolence, mais pour dire que c'est un coin pour ça, on donne des codes, il peut y avoir des rendez-vous, ou des hasards, ou des inconnus. Ces zones à l'abri de la vie normale – où l'on peut se cacher autant que s'exhiber – sont des lieux pour jouir. Est-ce que ça compte ?

Au Signal aussi, on pouvait le faire. La pluie dehors et dedans, l'océan devant les yeux, le pantalon sur les pieds, les fesses froides, les mains appuyées sur une vitre, c'était romantique et pornographique en même temps, la jouissance se multipliait de la sensation de profiter d'une chambre à tous, de faire l'amour dans un lieu de passage, de mêler le plaisir au paysage, de regarder l'océan comme si c'était le dedans de soi à ce moment-là, les vagues, les remous, les claquements, les gémissements couverts par les sifflements du vent, l'excitation des bruits qu'on ne savait plus identifier et si quelqu'un nous regardait sans qu'on sache ?

Passé les premiers élans, dans l'attente d'une décision de justice, Le Signal est resté un moment dans l'ombre de son abandon. Quand les promeneurs descendaient pour aller marcher sur la plage, ils regardaient ailleurs, plutôt vers la maison de l'autre côté de la route, la villa surplombante toute vitrée, avec un drapeau français ou européen, selon je ne sais quel événement, hissé sur le côté de la piscine. Quand Le Signal disparaîtrait, leur vue serait enfin à la hauteur de la maison, une vraie première ligne de luxe.

Que pensaient les touristes ?

Un couple l'observait :

« Où tu vois des lézardes ? Moi, j'te dis, y a rien.

– Ils ont chassé les gens un peu vite, il y avait le temps, la mer monte mais ça ne va pas passer d'un seul coup par-dessus ! »

L'immeuble sans aucun bouclier devant lui, sans digue, sans enrochement, avec juste cette pente sableuse, presque une pente douce…

Un jour, un géomètre qui prenait des mesures, il travaillait pour un cabinet de Lacanau, m'avait confirmé qu'il n'y avait aucune fissure, que la structure ne bougeait absolument pas. *Franchement, il a été bien conçu.*

Parce que quand les vagues tapent dans la dune, ça cogne fort…

Ailleurs, sur d'autres littoraux, j'ai vu des bâtiments en construction. Je ne sais pas s'ils seront aussi solides que Le Signal. Des Chinois ou des Russes créent des *resorts* sur des îles, au niveau de la mer, ou sur des bords d'estuaire, où vivent quelques familles de pêcheurs et de paysans. Expulsés en échange d'un peu d'argent, les habitants renoncent à leur mode de vie, ils ont envie de s'acheter des smartphones eux aussi.

Partout, l'eau monte et avance, grossit de tempêtes que l'on relève plus fortes, plus nombreuses. Ce que l'on sait aujourd'hui avec certitude, c'est qu'il n'y a pas de limites aux catastrophes. Les événements peuvent dépasser les prévisions et les modèles. Des monstres apparaissent. Les vagues peuvent dépasser les digues.

Le Signal aurait pu avoir cette fonction : nous rappeler que nous sommes fragiles.

Maintenant, c'est officiel : en décembre 2018, un accord financier a été trouvé et validé. Les propriétaires ne le seront bientôt plus, parce qu'ils le sont restés jusque-là, toutes ces années quand j'entrais dans Le Signal, j'entrais chez eux ; ils devaient continuer d'assurer leur logement, payer des mensualités, ils étaient en colère contre le maire qui ne protégeait décidément pas leur bien.

Ils ont accepté cette ultime proposition, ils savent qu'ils n'auront rien de mieux. Ils sont plus raisonnables qu'on ne veut le faire croire. Ils ont vu la mer gagner du terrain, ils n'ont jamais contesté ce fait. Ils se sont battus parce qu'ils ne voulaient pas être les seuls à payer – et à perdre – aujourd'hui, en 2014, pour une autorisation de construire – un immeuble sur une dune – donnée en 1965 par des responsables politiques. Mais des années après l'arrêté de péril imminent et l'ordre d'expulsion, ils acceptent, ils sont épuisés, ils sont affaiblis. Ils ont besoin de finir l'histoire. La collectivité reprend les choses en main : d'abord, Le Signal doit être dépollué et désamianté.

C'est le début de sa disparition définitive.

J'ai vu se vendre la maison de ma grand-mère.

Je passais beaucoup de temps chez elle, enfant puis jeune adulte, avec des rituels, les mardis soir où m'attendaient mon *Journal de Mickey* et mon goûter, les dimanches midi avec le rôti de bœuf et la glace aux fraises.

Depuis la vente, il y a plus de vingt ans maintenant, je suis venue trois fois devant sa maison. Certains détails ont changé, notamment les fenêtres à double vitrage, des volets roulants au lieu de ceux qui se dépliaient en accordéon, et une porte de garage métallique. Les nouveaux propriétaires ont gardé, à droite de l'entrée, dans le jardin, le rosier qui donnait de grosses fleurs rose. Souvent ma grand-mère, au moment où nous partions, disait *Attendez*, et elle revenait avec une paire de ciseaux pour couper une ou deux roses qu'elle serrait ensuite dans un Sopalin humide entouré de papier alu. Je trouve ça bien qu'ils aient gardé le rosier. Mais si j'avais eu un jardin à moi où le planter, peut-être que je l'aurais volé.

À Bordeaux, il y a des rues où j'ai habité adolescente avec mon père. Quand j'y passe, selon mon humeur, je me souviens avec tendresse, ou je me demande ce qui fait que je suis encore là tant d'années après ?

Il y a aussi un quartier où, à une époque, ont habité à peu de distance les uns des autres mes deux grands-mères et mon père. Depuis, tout le monde est mort. Les maisons vidées, vendues ou rendues. Je traverse souvent ce quartier à vélo, je tourne la tête dans cette direction, quelques images reviennent : des souvenirs lointains chez ma grand-mère maternelle, le tapis de muguet dans son jardin, le gâteau roulé posé sur la table en formica, l'ordre et la propreté de cette maison, le couloir central en carrelage qui brillait et sur lequel on jouait à glisser ; la dernière maison de mon père, dans laquelle je n'ai jamais habité, mais ce chemin que j'ai fait à pied, tant de fois, avec le chagrin – il était malade quand il vivait ici. À la fin de sa vie, il avait trouvé pour sa mère, ma grand-mère au rosier, une petite échoppe sombre à louer dans cette même rue, pour l'avoir à côté de lui, parce qu'il ne pouvait plus conduire. J'ai rangé leurs affaires dans des cartons, l'un après l'autre. Je garde chez moi tous leurs livres, quelques meubles et des objets utiles ou insignifiants.

À Gradignan, la maison familiale où j'ai vécu enfant, d'abord avec ma mère et mon père, puis avec ma mère et son nouveau mari, a été vendue aussi. En fait, depuis 2014, je n'ai plus un seul endroit lié au passé, je n'entre plus dans aucun, je peux les voir uniquement de dehors, comme une spectatrice.

Parfois, je ressens de grandes angoisses : où se réfugier en cas de catastrophe ?

Le Signal, et ses appartements vides…

J'étais sensible à ces deuils que l'on fait, à ces lieux pleins de soi qu'on laisse aux autres.

Février 2019. Des ouvriers sont en train de construire de vraies palissades autour de l'immeuble, cette fois-ci fixées solidement, et hautes. Elles ont l'air de signifier que les choses sérieuses commencent. Ce même jour, deux jeunes hommes se garent devant, et se mettent à marcher autour du Signal, ils tiennent des feuilles à la main et prennent des photos. Ils travaillent pour le Conservatoire du littoral et viennent avant le début des travaux pour signaler deux espèces végétales qui poussent autour et qui doivent être protégées. Je découvre l'existence de l'œillet de France et de l'asperge couchée, encadrés dans l'herbe d'un trait de peinture orange fluo pour délimiter un périmètre d'attention. Le chef de chantier fabriquera ensuite aux endroits répertoriés des sortes de barrières en plastique mou, qui ne résisteront pas vraiment à l'intensité de cinq mois de passages de camions, de tracteurs, d'hommes en bottes traînant des sacs de déchets.

Ce matin d'hiver, Le Signal devient l'objet d'un soin étrange, placé sous haute protection, même ces fleurs délicates que jusque-là on piétinait, écrasées par les grilles tombées par terre qu'on enjambait, moi autant de fois que j'ai pu, pour pénétrer dans l'immeuble.

Comme les barricades en plastique blanc n'étaient pas encore toutes fixées, je me suis approchée de l'entrée F. Et pour la première fois depuis cinq ans, depuis qu'en secret je ressentais un déchirement si un autre que moi y venait, le prenait en photo, s'appropriait sa carcasse fascinante – il me semblait que j'étais la seule à comprendre ce qui arrivait ici –, depuis cinq ans et ce désir insatiable d'être dedans, voilà que, pour la première fois, quelqu'un m'interdisait d'y entrer. Fermement. Définitivement.

Je me souvenais d'une fin d'après-midi où, marchant sur la plage en direction du Signal, j'avais vu des corbeaux tournoyer au-dessus, puis se poser sur le toit, leur plumage noir si contrasté avec le beige clair de la façade abîmée. *Le royaume des morts*, j'avais pensé…

En face de ce gardien – comme un videur de boîte de nuit –, j'ai hésité : une rébellion ? Sans fondement, puisque rien ne m'appartenait. Une insolence et même une violence… À mon tour, comme les habitants du Signal, je me suis sentie dépossédée.

Le Signal va être détruit, c'est le début des travaux, je dois accepter cette réalité que j'envisage encore avec difficulté.

J'ai expliqué au chef du chantier que j'étais inoffensive. J'écrivais, je suivais cette histoire depuis plusieurs années et j'avais pris la mauvaise habitude d'aller et venir. Mais la seule chose qui m'intéressait, c'était la vue, voir l'océan depuis l'intérieur. Il m'a répondu que là, il y avait tous les responsables, qu'il valait mieux que je m'éloigne. Quand ils seraient partis, je pourrais en profiter une dernière fois, et après ce serait fini. L'après-midi, je suis revenue.

À force, il a accepté ma présence.

Il logeait dans un camping-car sur le parking, avec son chien. Au début, il surveillait vraiment, parce qu'un soir, des jeunes avaient essayé d'entrer. Après, les tentatives avaient cessé. Devant Le Signal confiné et les ouvriers en scaphandre, les graffeurs ont déserté.

Il m'a expliqué les différentes étapes du chantier, *conséquent* il disait, les conditions particulières, surtout le vent.

On a fini par se présenter l'un à l'autre.

Il s'appelle Angel.

Ce matin, la situation est étrange, les gens qui marchent habituellement à cette heure-ci sur la plage se déplacent lentement, s'arrêtent, le regard fixé vers l'horizon, restent postés, oubliant leur chien qui court autour d'eux.

Un porte-containers a pris feu et coulé au large de La Rochelle, son carburant se vide dans l'océan. Le cargo italien partait d'Hambourg jusqu'à Casablanca avec à son bord 365 containers, 2 000 véhicules d'occasion, et des matières dangereuses dont 70 tonnes d'acide sulfurique – et on se demande ce qu'on peut faire avec 70 tonnes d'acide sulfurique à Casablanca…

On attendait les nappes de fioul.

Elles dérivaient au large, à plus de 200 kilomètres des côtes. Les deux premiers jours, la Marine nationale qui suivait leur trajet et leur taille pouvait dire où elles se situaient. Le troisième jour, on les a perdues de vue à cause des creux de quatre mètres. Puis, elles réapparaissaient. Une des nappes s'étendait sur une dizaine de kilomètres de long et un kilomètre de large. L'amiral expliquait que les matières dangereuses avaient sans doute brûlé et, sinon, en se diluant dans l'océan, elles ne présentaient pas de danger. C'était la pollution aux hydrocarbures qu'il fallait craindre. La météo n'arrangeait rien. Sur le littoral atlantique, les associations de protection de l'environnement s'organisent. Un branle-bas de combat, avec des appels à bénévoles, les bons gestes à pratiquer et les mauvais.

Si on avait pu ériger un mur, on l'aurait fait.

Tous les promeneurs regardent le large avec l'air inquiet. La saison d'été approche, les conséquences pourraient être désastreuses : d'un cargo italien en route vers le Maroc avec un chargement d'acide sulfurique et la vie ici ne ressemblerait peut-être plus jamais à avant. En attendant les nappes, et la roulette russe de la dérive, on espérait sans l'avouer que ça s'échoue ailleurs. Il y avait assez de problèmes, avec ce Signal sur la dune, qui gâchait toute une partie de la plage.

Les premières images des oiseaux englués dataient des années 1970. L'*Amoco Cadiz*, j'avais ce nom en tête, ce nom qui sonnait comme une destination de vacances. Je repensais à ça, aux oiseaux solidifiés étouffés par cette matière visqueuse, l'or noir des milliardaires. J'avais cherché sur Internet l'histoire de l'*Amoco Cadiz*. *Amoco Corporation, inventeur de la station-service et du camion-citerne*, précisait l'article de Wikipédia, préalablement *Indiana Oil Company*, s'absorbant mutuellement au fil des années, *American Oil Company* puis *British Petroleum*. Après deux catastrophes, l'enseigne *Amoco* avait disparu, remplacée par *BP*.

Je marchais jusqu'à la mini-statue de la Liberté, réplique posée sur un socle de deux mètres de haut, installée comme un rond-point au bout du front de mer. Elle rendait hommage à La Fayette partant aux Amériques.

Le porte-containers qui venait de couler s'appelait *Grande America*.

Grande America.

Make America great again.

Un ouvrier ferme le portail derrière lui, il quitte le chantier du Signal. Pour lui, c'est la vie normale, le travail. Je m'approche pour lui poser des questions. Cet homme immense avec une barbe blanche très longue parle facilement... de l'île en train de se former au large de Cordouan : *Enfin, pour l'instant, on n'appelle pas ça une île, parce qu'aucune végétation n'y pousse. Elle a été interdite d'accès, sinon les gens y allaient pour faire la fête.* Il préfère rester discret sur les histoires du Médoc et *les seigneurs du vin*. Le réchauffement climatique, il a son avis sur le sujet et la preuve irréfutable que *la température dans l'Antiquité* valait bien la nôtre aujourd'hui : *Les statues grecques, elles étaient nues, elles ne portaient pas de fourrures.* Bon, il concède qu'il ne s'y connaît pas vraiment en météo. Il répète souvent : *Ça c'est dit, Ça c'est écrit.* Il y a des choses qu'il me raconte mais je dois les garder pour moi, parce qu'il ne veut pas voir rappliquer les gens du patrimoine dans son jardin. Il vient juste de faire sa nouvelle cuisine, *ils vont tout me bousiller.* Il parle aussi de Marseille, des arrangements sur les chantiers quand on trouve des choses de l'époque gallo-romaine. Ça part dans tous les sens. J'aime savoir Le Signal aux mains d'un personnage comme lui, avenant, mystique, fantaisiste. Cela donne à ce moment de la dépollution un peu de lyrisme.

Le Signal prenait une drôle d'allure. Avec les baraques des ouvriers au bas des entrées, tous les outils, les traces de passage des engins, les fenêtres d'abord enlevées puis remplacées par des châssis tendus de papier blanc, des extracteurs d'air métalliques surgissant de chacune, des échafaudages, des sas de décontamination, des bennes qui n'en finissaient pas de se remplir...

De temps en temps, j'apercevais un ouvrier casqué, en combinaison blanche, un autre avait l'air d'un fou se cognant la tête contre les murs à lancer son mini-bulldozer dans chaque pièce du rez-de-chaussée.

Sincèrement, l'étape bizarre de le curer me dégoûtait un peu. Et puis, cette exérèse générale m'évoquait non pas une guérison, mais la toilette d'un cadavre.

Le Signal avait gardé longtemps autour de lui un périmètre intact, un décor figé. Chaque fois que je revenais, j'étais capable de remarquer facilement ce qui avait changé, assez peu en réalité, les choses ne bougeaient pas, il n'y avait pas de vie autour. Par exemple, cette énorme souche d'arbre posée sur les dalles de ciment. À côté, un fer à repasser en plusieurs parties. Trois semelles de chaussures différentes. Une casserole. Un cintre. Une barre en plastique qui devait servir à fixer un rideau de douche. Des tas de bris de glace, en milliers d'éclats. Pendant des mois, ces objets usés ou cassés étaient restés là, à la même place. Ils ont fini par tout nettoyer. Sauf la souche d'arbre, qui demeure, épaisse, avec ses bouts de branches tordues, sculptées.

Elle se recouvre peu à peu d'une mousse verte et douce.

Parfois, je regrette de n'avoir pas dressé un inventaire strict et systématique, comme Georges Perec l'aurait fait. Ces objets épars racontaient les histoires et les époques. Mais je n'avais pas envie de verser dans la nostalgie. Je voulais regarder la mer. J'aimais par-dessus tout – et c'est ce qui m'absorbait et m'a détournée sûrement de l'idée de faire cette liste – voir l'océan depuis l'immeuble. La proximité de l'un et l'autre. Presque l'un dans l'autre.

Au fil des semaines de l'hiver 2019, puis du printemps et jusqu'au début de l'été, les ouvriers se sont activés à racler la moindre surface, assainir le bâtiment de tous les matériaux, notamment ceux que l'on sait aujourd'hui polluants, le vider minutieusement.

Le rez-de-chaussée a disparu en premier. Il n'y avait plus de portes, plus de murs. Je me souviens, dans les halls, des pans de boîtes aux lettres, des messages épinglés sur des panneaux d'affichage. *Interdiction formelle de déposer vélos, planches et parasols à l'intérieur des entrées et de mettre du linge aux fenêtres, en application du règlement de copropriété, le syndic.*

Toute la surface du rez-de-chaussée s'est transformée en un vaste préau ouvert aux vents. Désormais, il semblait avoir été construit sur pilotis, dans toute sa longueur. On voyait l'océan largement entre les colonnes. Soudain, il avait une légèreté. Une élégance.

Le début d'une autre architecture.

Le Signal a commencé sa métamorphose.

Méthodiquement, des pelleteuses de différentes tailles le grignotent de l'intérieur, comme des insectes affamés. Tout ce qui n'est pas en béton doit disparaître. L'opération s'appelle un curage. Un nettoyage systématique et radical. Peu à peu, il n'est resté aucune trace. Plus aucune vitre non plus. Même les bris de verre au sol ont été balayés.

Il devient nouveau, vierge.

Pour la première fois, je le vois occupé par des habitants. En combinaison blanche, pour la plupart. Au niveau des escaliers sont installés des sas de décontamination pour les ouvriers qui se chargent du désamiantage. Depuis l'extérieur, un bulldozer hisse son bras pour récupérer les gravats, d'étage en étage, les hommes qui travaillent à l'intérieur vident dans le bac des brouettes pleines.

Ensuite, pour le confiner, ils installent ces châssis tendus de papier blanc sur toute la surface des fenêtres. Une fois camouflées et bouchées, des extracteurs d'air en aluminium sont installés au centre de chaque panneau, on dirait des miroirs ronds qui surgissent de la toile. Les ouvriers procèdent par étapes, et quand la première partie du bâtiment est terminée, ils enlèvent les caches blancs et les extracteurs des fenêtres pour s'en servir sur l'autre partie.

Il reste quelques murs colorés, mais ont été sorties les tapisseries, les boiseries, les moquettes, le carrelage. Au niveau des étages, au fur et à mesure, il ne restera que le béton nu. Angel dit comme ça, avec son accent espagnol : *le béton nu*. C'est l'unique objectif de sa mission. Quand je lui montre un mur, une porte ou un morceau de plâtre : *Et ça aussi vous l'enlevez ?* Il répond toujours pareil : *Le béton nu.*

Le squelette du Signal apparaît.

Le béton nu, ça voulait dire que les appartements redevenaient originels, identiques les uns aux autres, comme un retour en arrière. En supprimant toutes les cloisons qui n'étaient pas des murs porteurs, les appartements, qui autrefois donnaient soit sur la mer soit sur la rue, se changeaient en un seul espace traversant, d'une façade à l'autre. Son architecture modifiée, ses murs sans fenêtres, ce rez-de-chaussée troué à la place des entrées de A à F, les colonnes : la lumière le transperçait, faisant honneur à sa géométrie parfaite.

En grimpant sur la dune de l'autre côté de la route, je découvre l'immeuble dans son ensemble. Chaque ouverture, à chaque étage, semble remplie d'océan. On voit la mer partout à travers.

Je n'en reviens pas.

Que Le Signal soit capable encore, après toutes les souffrances, d'offrir cette poésie folle, d'inventer ce paysage nouveau, de la mer en transparence, presque en symbiose.

Le vent soufflait souvent sur la presqu'île du Médoc. Parfois, en grandes rafales. Angel, qui habite sur le parking dans son camping-car, veille sur Le Signal. À sa façon, il prend ma place. Il dit n'avoir jamais supervisé un chantier pareil : *C'est comme si on désamiantait un bateau échoué.*

Pour la première fois, j'observe la destruction, lente, d'un immeuble.

Si on laissait la dune se reformer à la place du Signal, alors oui, ce serait beau, évidemment bien plus beau qu'un immeuble qui n'aurait jamais dû se trouver là, les dunes et les oyats au bord de la station balnéaire, de chaque côté, comme deux formes qui enserrent. Cet effacement pouvait être beau, je voulais m'en convaincre. Certains retrouveraient un paysage de l'enfance, d'avant 1965. Peut-être que ce retour en arrière, cette renaturation, pour utiliser un terme de techniciens et d'élus, accompagnerait les prises de conscience espérées.

Le dernier été du Signal – ça ne le serait pas, mais c'est ce qui se projetait, l'appel d'offre pour la démolition attendu en septembre –, ce présumé dernier été a commencé par une tempête, en juin. Ces tempêtes d'été, rares, devenaient plus fréquentes.

Sur la plage, je marchais à reculons pour ne pas me faire cingler le visage. Le sable se soulevait par nuages qui piquaient la peau comme des épingles lancées à toute allure. Deux ou trois fois, j'avais dû m'arrêter, je ne pouvais plus ouvrir les yeux. Il fallait frotter, jusqu'aux larmes, pour enlever les grains de sable.

J'arrivais à tenir penchée sous la force du vent. J'étais restée de longues minutes à me faire ballotter dans tous les sens, les bras écartés, une poupée de chiffon, les yeux fermés, le bruit du vent assourdissant malgré mon bonnet et ma capuche serrée, j'avais l'impression de tomber du ciel, en parachute, ou de glisser dans le trou d'Alice au pays des merveilles, tout mon corps bousculé.

Seule sur cette plage à partager avec Le Signal une épreuve, que je ressentais physiquement au milieu des 110 kilomètres-heure, j'allais dans un sens et je volais, j'allais dans l'autre et je luttais…

Le sable en traînées poussiéreuses se stockait derrière les murets du front de mer. Le matin suivant, la ville serait comme je l'avais déjà vue quelques fois, avec de belles dunes rondes et éphémères sur les trottoirs et la route qu'il faudrait désensabler.

Une voiture est stationnée devant l'immeuble. Des gens âgés en descendent. Malgré le vent, ils restent à regarder. Font le tour. L'un d'eux montre, le bras tendu, une direction. Sûrement où se situait leur appartement. Venaient ainsi certains, les uns après les autres – dans la mesure de leurs possibilités –, des habitants du Signal, pour se recueillir en quelque sorte, suivre le rythme du chantier.

J'avais reçu un texte écrit par l'une de ces personnes, un long poème assez beau, comme une parole collective, mélancolique. Elle avait signé *Les naufragés*.

Voilà. On approchait de la fin.

Je me suis réfugiée dans la voiture garée à côté du Signal. Le véhicule bouge sous les rafales.

L'océan a l'air d'un bain bouillonnant gris clair. Parfois, l'ombre des nuages fait comme une tache sombre qui se déplace à toute allure. Les vagues déferlent en parallèle et non plus de face. Les mâts des lampadaires s'agitent comme ceux de bateaux survoltés.

Avec ce vent furieux, les cloisons en papier mises aux fenêtres sont déchirées. Le Signal retrouve du mouvement, celui des stores qui claquaient et des battements des rideaux qui voletaient au tout début de l'histoire. À la puissance des bourrasques se mêle le bruit de toutes ces feuilles blanches qui cognent sur les extracteurs en aluminium.

Il y a de nouveau des choses à soulever et à entendre.

Quelque chose du Signal vit encore un peu.

Et si tout bouge autour de lui, absolument tout, le ciel la terre la mer, il est là, traversé de souffles, et le sifflement à l'intérieur doit être glaçant. Il tient encore, entraîné aux catastrophes. Au fond, on ne voit même plus le phare de Cordouan. Chaque morceau de paysage a son propre tremblement, un rythme dégénéré, tout a l'air de prendre vie folle, et soudain chaque objet ou élément se courbe selon sa résistance, les rafales plus violentes aplatissent alors toutes les végétations, le sable en nuages survole la route, on se demande de ce décor ce qui va rompre en premier et s'éloigner emporté par le vent furieux.

Les drapeaux flottant sur le bord de mer se déchirent à force, 100, 110 kilomètres-heure, toute la journée. À la pointe, au mémorial de la forteresse, le drapeau français n'est plus bleu, le blanc a été arraché, et du rouge il ne reste qu'un fil, comme une traînée. Si ce vent durait plusieurs jours, tout serait enseveli. Le mobilier commence déjà à disparaître sous l'épaisseur du sable. Les dernières heures d'un monde pourraient ressembler à ça.

De le voir dans cette tempête, dénudé et pourtant impassible aux rafales, indifférent on dirait à cet océan qui grossit devant lui, j'ai l'impression que c'est lui qui s'inquiète de nous. Lui n'a rien à perdre, il ne risque plus rien, il a déjà perdu, il connaît son destin. Il sait qu'il ne compte pas.

Avant, quand il y avait ces tempêtes, je m'inquiétais de lui. Comme s'il était un orphelin. Je voulais en prendre soin, le sauver de la solitude, j'avais de la douleur à le savoir dans la tourmente. Mais là, à l'abri dans cette voiture qui tangue sous les assauts du vent, avec devant les yeux Le Signal et la mer déchaînée, je comprends, c'est nous qui sommes dans la tourmente. C'est nous qu'il faut plaindre.

Je me souviens d'une discussion avec Angel. Pour le détruire, sûrement que le moins coûteux serait un bulldozer qui viendrait le *grignoter*, il avait dit ce mot, l'immeuble n'étant pas très haut, c'était sans doute faisable comme ça.

Je n'avais aucune idée du temps que cela prendrait. Est-ce que cela me ferait un supplice ?

Les travaux, annoncés et retardés, de la rénovation du boulevard ont commencé. Une pyramide de gravats – des morceaux des trottoirs roses – se dresse à proximité du Signal. Le front de mer inauguré en 1963 s'entasse, transformé en cailloux, sur le parking.

L'enceinte autour du Signal se fortifiait. Mais je savais depuis toutes ces années qu'il y avait toujours un audacieux pour se frayer un chemin. Malheureusement, souvent pour aller faire un gribouillis inutile, comme ce tag moche réalisé sur la façade du dernier étage.

Je pensais que sa destruction serait insupportable. Je pensais que son absence serait insurmontable.

Je venais plus souvent. Je le regardais avidement. Le portail était attaché, mais avec une sorte de jeu, et sous la force du vent, il allait et venait dans un sens et dans l'autre, comme s'il s'ouvrait et se fermait. J'avais toujours cette sensation que la vie n'arrivait pas à quitter Le Signal.

L'énorme souche, comme une sculpture, verdissait à présent, une mousse nouvelle était apparue dessus ces dernières semaines, et elle formait un tableau de verts, avec un des rares pans de mur encore peint en vert pâle, et l'herbe plus haute.

Je voulais partir, je faisais des voyages, j'allais dans l'île grecque, j'essayais de m'emballer ailleurs, de me défaire de cette obsession. Je revenais toujours à lui.

Un matin, il a fait la une du journal *Libération*. L'image était très belle, prise depuis la plage, à distance, il est là, barre barrière mur, il a l'air si solide, indomptable. Le journal proposait un dossier sur le rapport du GIEC[2], quant aux océans et à la montée des eaux. Le Signal à lui seul, par sa forme, par sa position, tenace et absurde, disait nos futures batailles perdues. La partie pour le tout. Il symbolisait très bien la perspective de la catastrophe.

Le Signal était de plus en plus grillagé. Comme de grandes cages rouillées entre les colonnes. Mais un coin soulevé me permet encore d'y entrer. Paradoxalement, plus il était vide et plus on le protégeait. Mais *la tempête sans nom de décembre 2019* (un journaliste

2. Groupe d'experts intergouvernemental sur l'évolution du climat.

de *Sud Ouest* l'avait décrite ainsi dans un article assez poétique sur le littoral en danger, on y apprenait aussi que les propriétaires du Signal n'étaient toujours pas indemnisés, cela restait compliqué, même à ce stade), cette tempête de décembre 2019 arrachera toutes les palissades blanches. On pourra lire à nouveau les pancartes vissées sur le muret à l'entrée du parking : *Résidence Le Signal Propriété privée Private property Privat Besitz.* Il retrouve son identité perdue. Et les gens recommenceront à s'approcher, à le visiter, il redeviendra un domaine à explorer, il sera sans doute recouvert de tags qui lui enlèveront sa beauté monochrome.

Donc j'y entre encore. Ce n'est finalement jamais la dernière fois.

Et je le découvre vide, murs et plafonds repeints de gris, ni portes ni fenêtres ni cloisons, seulement des cavités géométriques, et toujours au bout les vagues inlassables, je le trouve magnifique.

Plus Le Signal se défaisait de sa respiration, de sa vitalité, de son lien aux hommes, plus le paysage prenait place. Sa capacité à la métamorphose me fascinait. Après cette étape encore violente de dépeçage, d'assauts de machines, le sursaut de beauté me laissait sidérée, enthousiaste.

Je pensais au tableau d'Edward Hopper, une fenêtre rectangulaire qui plonge dans la mer bleue. Les couleurs ne se ressemblaient pas, pourtant j'avais l'impression d'être littéralement dans ce que le peintre avait représenté.

J'ai assisté au coucher de soleil assise par terre dans une pièce, au troisième étage. Il fait froid, comme souvent quand je suis dans Le Signal ; et le carré de lumière orangée se déplace dans l'angle de la fenêtre. L'océan s'illumine au fur et à mesure que le soleil disparaît, puis le ciel s'embrase pendant que dans la pièce tout s'assombrit.

Je reviens dans l'appartement du père inventé, celui des deux chaises côte à côte pour regarder la tempête, celui où les histoires commencent, où je suis prise du ravissement, quand on s'évanouit devant la beauté d'un paysage comme Stendhal le décrit. Je suis obligée de me souvenir, il n'y a plus aucune trace, l'espace lui-même tel que je l'ai connu a disparu ; je peuple la pièce de mes fantasmes, j'aime celle de l'héritage vide, j'aurais aimé écrire ce roman, d'une conversation avec un père, un homme en conversation avec d'autres, ces deux chaises pour se témoigner des expériences et des affections, préciser ce qu'on est devenu, pourquoi tu es parti, pourquoi tu traînes ici, qu'as-tu oublié de me dire, est-ce que c'est à cause de la liberté que tu as toujours aimé marcher sur la plage, pourquoi vivre là plutôt que voyager, comment allais-tu vraiment la dernière fois qu'on s'est vus, est-ce que c'était difficile aussi pour toi la mort du père, la mère tu ne peux pas savoir, puisque tu es parti avant elle, nous avons en commun la mort du père, tu aurais pu m'expliquer que j'allais avoir des phrases en trop, toutes celles que je ne t'ai jamais dites, toutes celles que je ne dirai plus, papa, tu aurais pu me prévenir puisque tu le savais, qu'on reste, sinon, avec des silences.

Tu rêvais d'écrire des livres et tu n'y arrivais pas, tu te perdais dans les lignes des biographies et des journaux intimes, tu t'imaginais d'autres vies et tu restais là, tu voulais être sulfureux et original mais tu avais les mêmes rêves que ta génération, tu feuilletais des magazines d'architecture et de décoration, on y parlait de palais italiens, de lofts new-yorkais, de villas surréalistes à flanc de falaise, de lieux secrets et sauvages où des poètes avaient choisi de mourir, les décors vieillissaient et tu les trouvais décadents, les photographes ajoutaient un objet luxueux et minimaliste pour mettre en valeur les fresques sur les murs d'un couloir qui menait au bout de vies que personne ne pouvait se payer. Je les feuilletais après toi, je fabriquais à mon tour le désir de ces endroits qui ouvraient sur des jardins foisonnants ou des horizons, souvent il y avait des plages en contrebas de longs escaliers peints en blanc, ou des chemins pour s'évader ; je feuilletais après toi les livres et les magazines, systématiquement, évitant le dialogue mais cherchant à te ressembler.

Pourquoi avais-tu cette passion pour l'océan ? Tu aurais voulu être un marin ?

Il me semble que tu avais le mal de mer...

Je reviens dans l'appartement orange, où un homme se cache et récupère les livres qui sont restés abandonnés dans les autres logements. Il les entasse pour se faire un stock et devenir un bouquiniste hypothétique, un début de projet de vie, je l'appelle Éric, au début je ne fais pas attention, je lui donne ce prénom simple, ça vient comme ça, et puis après, je me rends compte que l'écrivain de Soulac s'appelle Éric, il fait aussi le métier de bouquiniste avec celui d'écrivain, je découvre ça plus tard, tout s'organise parfaitement en dehors de ma volonté, comme si l'immeuble commandait mon imaginaire, le génie du lieu ici à entendre comme une magie, un esprit courant d'air traversant les appartements et mon âme, sans portes sans fenêtres sans cloisons, ouvert aux influences, un immeuble-sorcier qui a soumis à sa volonté toutes les histoires, qui me fait débloquer, envoûtée. Je devenais possessive du Signal, c'était gênant, mais j'aimais m'abandonner à lui, être prise entre ses murs, prisonnière et libre à la fois, d'aller et venir dans ses appartements qui ne me concernaient pas et jouer à la propriétaire, jouer aux vies des autres, faire des choses interdites, rêver d'un refuge ultime, croire que même le paysage de l'océan me revenait, l'immeuble-sorcier ou *genius loci* ce n'était pas du tout la même chose, là, je parle d'un sortilège, un génie sorti d'une lampe, au milieu des décombres.

Je demande même à Barbara de venir. C'est un autre personnage de livre, que j'écris mais ne fais lire à personne, Barbara comme un double qui a du mal à exister. À chaque fois que j'écris un nouveau texte, j'essaie de l'inviter. Rien à faire, elle ne rentre jamais dans les chapitres, elle a une sorte d'autonomie, stérile, je ne sais pas quoi faire d'elle. Elle avait déjà traîné avec moi à Soulac, je l'imaginais seule dans un immeuble, mais ce n'était pas Le Signal à ce moment-là, c'était un autre, à l'autre bout du front de mer, une résidence avec des habitants mais quand j'y venais l'hiver, il y avait beaucoup de studios inoccupés. J'imaginais Barbara croisant des hommes dans les couloirs, des ouvriers sur des chantiers dans les appartements à côté, à repeindre des murs ou poser une nouvelle moquette. J'imaginais Barbara dans de drôles de draps et de positions. Barbara qui dit toujours oui, Barbara la menteuse, Barbara et ses lucioles devant les yeux. Qui se met à genoux. Qui se retourne. Qui regarde intensément la mer avec l'homme derrière elle. Et puis je fermais les pages, Barbara dedans avec ses aventures érotiques dont je ne voyais pas le but. Barbara n'est pas assez précise, quoi faire d'elle ? À part jouir.

Quand j'avais écrit la scène où Éric rencontre une femme, ce n'était pas prévu que ce soit elle qui vienne, mais quand Éric lui demande son prénom, c'est Barbara qui est là, et tout de suite après je ne savais plus quoi écrire. Comme si avec Barbara, je perdais le fil à chaque fois, n'osant pas la suivre jusqu'au bout, je me méfie d'elle.

Je me suis demandé dans quoi je voulais absolument rester, à errer avec des fantômes dans les escaliers du Signal. Demeurer une silhouette contemplative, une statue salée, une présence coincée comme dans les filets de pêche qui s'échouent sur le sable quelquefois, dérivant toujours, ramenée sur le bord par les vagues...

Cette obsession prendra-t-elle fin quand je viendrai fouler le sable d'une dune formée à l'emplacement du Signal ?

Quelquefois, je souhaitais qu'on en finisse. Je n'avais pas besoin d'un fétiche supplémentaire, j'avais des valises pleines de souvenirs, magnifiques, terribles, pathétiques, joyeux. Quand j'étais entrée dans cet immeuble la première fois, ne m'avaient pas quittée un frisson puissant, une électricité dans le corps : la sensation vive, intense, que dans cet interdit dérisoire – se glisser sous une simple barrière et découvrir l'immeuble abandonné – je déplaçais légèrement quelque chose de ma route, je sentais une énergie, une vibration dans l'air – puisque j'étais en train de me faire ensorceler ?

Est-ce que cela tenait uniquement au fait de désobéir à une pancarte, passer sous un grillage ? Est-ce que cela venait du désir de s'aventurer ? Est-ce que c'est seulement ce frisson de l'aventure qui me fait encore être là à écrire l'histoire de cet immeuble, sa présence dans ma vie ?

Les sifflements du vent m'avaient impressionnée. Comme ces portes qui claquaient quelque part à l'étage. Et le silence. Un silence froid et épais, rompu brutalement par des sons inquiétants. Est-ce que j'avais eu peur ? Oui, un peu, je n'étais pas rassurée, j'avançais comme je pouvais avec mes béquilles, mon bonnet enfoncé sur la tête, il faisait froid, je suivais Olivier, je ne restais pas trop longtemps sans lui, parfois on se séparait, on s'appelait, *Viens voir*, chaque pièce dévoilant une vie en cours stoppée net, et puis en fin d'après-midi, dans une des pièces, celle avec la moquette orange, nous nous étions embrassés. Comme par réflexe. Derrière cette fenêtre, aux vitres encore intactes, abrités. Face à nous, *la mer scintillante, les lucioles devant les yeux*, quelquefois on glisse dans un événement sans le vouloir. Pour être vivant ? Je ne sais même pas si c'est ça, peut-être juste pour la beauté des choses, mettre ensemble la lumière et la chair et l'émotion et le paysage dans un même instant.

Quand, des années après, Angel nous a permis de l'accompagner dans Le Signal, les travaux de dépollution avaient commencé, il nous a sans savoir amenés là en premier, dans cette pièce, à cet étage, il restait encore la moquette orange sur une partie du sol. Cela aurait fait une dernière visite parfaite, mais j'y entre encore et encore. Et tant qu'il est debout, sans doute que j'y entrerai toujours.

Angel m'avait ensuite proposé d'aller sur le toit. Je ne l'avais jamais fait. J'étais excitée en montant l'échelle, à chaque visite une expérience s'ajoutait. Je me sentais chanceuse, oui, Le Signal dans ma vie, c'était une chance. Cet objet d'amour, d'une taille colossale, qui s'offrait à mes yeux, à mes sens, qui pénétrait mon imaginaire, la soif de l'observer, d'y faire attention.

Mais, tout en haut du Signal, après le plaisir immédiat de la vue panoramique et ce sentiment de chance encore, j'ai pensé aux corbeaux, que je me tenais à mon tour à l'endroit des corbeaux.

On ne connaît pas la date de cette destruction, peut-être 2022. Cela promet une scène finale spectaculaire. Les bâtiments qui s'effondrent, qui explosent, qui sont arrachés à coups de pelleteuses carnassières et griffues, les gens aimeraient voir ça. Passer du tout au rien, en quelques heures, sous les yeux.

Je ne savais pas quoi faire de cette perspective. J'aurais voulu que mon amour s'arrête avant. Je ne savais pas si je serais capable d'assister à l'effacement.

Mais.

Je n'arrive pas à le dire.

Mais,

Mais, c'est peut-être du courage de le détruire.

Comme nous devrions trouver le courage de nous défaire de nos anciennes habitudes.

Poussent autour du Signal et un peu partout là où plus personne ne marche, des petites fleurs blanches qui ne sentent pas très bon. *Elles sentent la mort*, on l'avait dit pour rire, parce qu'on se demandait d'où venait ce parfum désagréable. J'ai remarqué qu'il y en avait partout, de plus en plus.

Il y aura ce vide.

Parfois, je l'imagine planté sur ses piliers, immeuble sur pilotis, comme un carrelet de béton. Au fur et à mesure du rêve, ou du cauchemar, l'eau devant la fenêtre du troisième étage. La ville submergée, il serait seul à dépasser. Avec la résidence Océane, qui ressemble à une pyramide, à l'autre bout du front de mer. Je viens y écrire, dans un studio que je loue. Et la terrasse où je suis installée restera une planche de salut, la vigie encore un peu. La statue de la Liberté posée juste en bas sur ce rond-point aura la tête sous l'eau, seule la flamme au bout de sa main s'élèvera comme dans les films catastrophe.

Ou alors une tempête. Quelqu'un espère une tempête. Qu'il y ait cette tempête tellement forte, la tempête du siècle, et le vent soulèvera des vagues gigantesques, avalera la dune, des vagues furieuses qui se jetteront sur l'immeuble et l'immeuble s'écroulera. Quelqu'un voudrait que la disparition de l'immeuble commence comme ça : englouti.

L'Atlantide.

Pas détruit en morceaux avec des pelleteuses et des grues et des engins mécaniques. Mais avec une tempête, par K.-O. de vagues et de vent. Et le sable entrerait partout une dernière fois, sous les portes, par les vitres brisées, le sable tournoyant dans l'escalier, il y aurait du sable partout dans l'escalier.

Une fois effacé, de quoi va-t-on se souvenir ?

D'une affaire d'imbroglio judiciaire et financier, de la nature qui reprend ses droits, d'une situation inédite où l'État a pris à sa charge la démolition d'un ensemble de résidences secondaires ?

En 1970, le prospectus de vente des logements du Signal l'affirme : *pour vos vieux jours*. On y lit la prétention du projet, le désir de créer ce monde gagnant et insouciant, vendu par la publicité, il n'y a dans cette génération qui décide aucun doute sur la réussite de l'avenir.

En attestent les dessins, luxueuse proposition, couleurs vives en aplats.

En attestent la description et les arguments de vente. *Tout confort : dalles amiantées dans la salle de bains.*

Qui feront partie en 2019 des tonnes de matériaux sortis du Signal lors de l'étape de désamiantage.

1970, mon année de naissance et première date de livraison prévue pour les appartements de la résidence Le Signal. Cinquante ans entre les deux. Je grandis dans les antithèses : ce qui était bon est devenu dangereux, ce en quoi il fallait croire n'a pas eu lieu, ce qui a été conçu comme un confort moderne et inaltérable va disparaître un jour de marée haute.

Cela complique mon rapport au monde.

Cela induit de douter.

Cela induit l'humilité.

J'en reviens à la poésie : *pour être heureux, regarder la mer tous les jours, ça pourrait suffire.*

2021. Le front de mer est tout neuf. Pourtant, il aura bientôt ses fissures. Ils ont coupé beaucoup de tamaris au moment des travaux. Ils ont gardé ceux qui penchaient le moins. Ils ont planté de nouveaux arbres, fins et droits.

Mais ça viendra. Le vent les tordra.

Les photographies sont l'œuvre d'Olivier Crouzel.

ŒUVRES / INSTALLATIONS CITÉES
avec l'autorisation de l'artiste Olivier Crouzel

La Marée du siècle, installation in situ, 2015
Vidéo-projection d'Olivier Crouzel, création littéraire et sonore *46 fois l'été* de Sophie Poirier

Le Signal / Souvenir, triptyque vidéo et texte, Olivier Crouzel et Sophie Poirier, exposition *Océan Climat*, Musée maritime, La Rochelle, 2020-2022

Dix-huit rideaux, installation vidéo, Olivier Crouzel, collection Fondation d'art contemporain François Schneider, Wattwiller

Appartement témoin
Installation composée d'objets collectés autour de l'immeuble Le Signal, du texte *46 fois l'été* de Sophie Poirier et de la vidéo de la performance *La Marée du siècle*

Le site de l'autrice : www.lexperiencedudesordre.com
Le site de l'artiste : www.oliviercrouzel.fr

éditions inculte, 2022
62, rue du Faubourg-Saint-Antoine
75012 Paris

ISBN : 978-23-60841-46-2

Correction et composition : Aurélie Carpentier

Couverture : Rémi Pépin

Distribution : UD
Diffusion : Actes Sud

Achevé d'imprimer sur les presses de In Tempo en décembre 2021
Dépôt légal : janvier 2022 - Impression : 112506 - Imprimé en France